QUANDO VOCÊ VOLTA?

UMA HISTÓRIA DE CARONAS E CONEXÕES INESPERADAS PELA EUROPA DOS ANOS 90

Roteiro completo da viagem

QUANDO VOCÊ VOLTA?

UMA HISTÓRIA DE CARONAS E CONEXÕES INESPERADAS PELA EUROPA DOS ANOS 90

LUCIANO MAZON

70

QUANDO VOCÊ VOLTA?
UMA HISTÓRIA DE CARONAS E CONEXÕES INESPERADAS PELA EUROPA DOS ANOS 90

AUTOR: Luciano Mazon

DIRETOR DA ALMEDINA BRASIL: Rodrigo Mentz
EDITOR: Marco Pace
EDITOR DE DESENVOLVIMENTO: Rafael Lima
ASSISTENTES EDITORIAIS: Letícia Gabriella Batista e Tacila Souza
ESTAGIÁRIA DE PRODUÇÃO: Natasha Oliveira
REVISÃO: Mariana Mortari e Juliana Leuenroth

DIAGRAMAÇÃO: Almedina
DESIGN DE CAPA: Roberta Bassanetto

ISBN: 9786554271912
Novembro, 2023

Dados Internacionais de Catalogação na Publicação (CIP)
(Câmara Brasileira do Livro, SP, Brasil)

Mazon, Luciano
Quando você volta? : uma história de caronas e conexões inesperadas pela Europa dos anos 90
Luciano Mazon. – São Paulo : Edições 70, 2023.

ISBN 978-65-5427-191-2

1. Autoconhecimento 2. Europa – Descrição e viagens 3. Intercâmbios interculturais 4. Viagem – Narrativas pessoais 5. Turismo I. Título.

23-169379 CDD-910.4

Índices para catálogo sistemático:

1. Viagens : Narrativa pessoais 910.4

Eliane de Freitas Leite – Bibliotecária – CRB 8/8415

Este livro segue as regras do novo Acordo Ortográfico da Língua Portuguesa (1990).

EDITORA: Almedina Brasil
Rua José Maria Lisboa, 860, Conj. 131 e 132, Jardim Paulista | 01423-001 São Paulo | Brasil
www.almedina.com.br

"Há décadas em que nada acontece,
e há semanas que décadas acontecem."

Wladimir Lenin

DEDICATÓRIA

Dedico este livro ao meu pai, Fausto, e à minha mãe, Cecília, que são os alicerces da minha vida. Aos meus irmãos, Du e Lô, que sempre estiveram (e sempre estarão) ao meu lado. À minha companheira e querida esposa, Michelle, e aos meus dois pequeninos, Lucca e Lunna, que são minha vida. E a todas as pessoas incríveis mencionadas nesta história.

SUMÁRIO

SOBRE O AUTOR

Olá, caro leitor. Eu sou o Luciano, um cara como muitos de vocês, que sempre teve sonhos, desafios e frustações e, apesar das dificuldades, muitas conquistas. Nasci em uma família humilde em uma pequena cidade do interior de São Paulo. Sou filho de pai comerciante e mãe dona de casa e tenho dois irmãos mais velhos, a Lô e o Du.

Apesar da vida simples e humilde, tive uma infância feliz e repleta de amigos, os quais carrego até hoje. Eu não era arteiro, mas também não era nenhum santo, era apenas um menino comum que gostava de jogar bola e fazer pequenas travessuras. Desde pequeno ajudava meu pai e meu tio Jota, seu sócio proprietário em um pequeno mercado na cidade onde sempre morei. Comecei limpando e organizando prateleiras, depois repondo mercadorias e empacotando compras no caixa, até que fui promovido a entregador de compras e, apesar do trabalho cansativo, tenho boas lembranças da época em que eu dirigia a Volkswagen Kombi 1982 na cor branca. Economicamente, vivíamos em uma época de hiperinflação e com políticas e planos econômicos que, ao invés de ajudar pequenos comerciantes, como meu pai e meu tio, prejudicavam e dificultavam a sobrevivência de negócios familiares, como o nosso. Vivi na prática todas as dificuldades e desafios que a maioria dos brasileiros enfrentaram na década de 1980 e início da década de 1990.

Mas nunca deixei de sonhar, e meus sonhos nunca foram pequenos. Como muitos garotos, já sonhei em ser jogador de futebol, mas me faltava habilidade. O que eu seria, então? Deveria suceder meu pai nos negócios, uma área que eu conhecia bem, mas que, naquela época, não era próspera ou lucrativa? Abrir o meu próprio negócio? Ser professor de Geografia na escola pública local por conta da minha paixão pelo tema? Dar aulas de Educação Física e tentar inspirar outros garotos a gostar de esportes como eu sempre gostei? Estudar para um concurso público, ou trabalhar em empresa privada? Eu sabia que as possibilidades eram infinitas e ao mesmo tempo restritas devido à condição financeira da minha família e à falta de oportunidades na pequena cidade onde eu vivia.

Muitas perguntas não saíram de minha cabeça durante os anos em que estudei nos colégios públicos da cidade. Eu não tinha muita clareza sobre o futuro, mas sabia que precisava me preparar da melhor maneira possível. Ingressar em uma universidade pública renomada era a melhor alternativa para alcançar os meus sonhos, pois com três filhos, e dois deles já na faculdade, meus pais não teriam condições de subsidiar meus estudos em grandes centros ou em universidades privadas. Se isso não acontecesse, eu ainda teria a opção de continuar trabalhando com meu pai, ou em outro lugar, e cursar uma faculdade privada noturna na região.

Mas o que cursar e como me preparar para o tão concorrido vestibular? Depois de pensar bastante e ainda não ter definido qual caminho seguir, optei por cursar a faculdade de Administração de Empresas, conhecida como uma espécie de "curinga" entre os cursos disponíveis e que me daria base não apenas em negócios, mas em *marketing*, finanças, contabilidade etc. Foram necessários dois anos de cursinho preparatório para o vestibular, trabalhando duro no mercado do meu pai durante o dia e estudando muito, além das aulas noturnas, em todo o meu tempo livre, incluindo aos finais de semana. Foi muito frustrante não passar em minha primeira tentativa no vestibular apesar de todo o esforço, mas uma alegria imensa ser aprovado para duas grandes universidades públicas no ano seguinte, a Universidade Estadual Paulista (Unesp) e a Faculdade de Economia e Administração de Empresas da Universidade de São Paulo, (FEA-USP), em Ribeirão Preto, na qual ingressei em 1995.

Os cinco anos seguintes mudaram a minha vida. Cinco anos de estudos em um dos centros de excelências – mais conceituados do país e cinco anos de muito trabalho. De vendedor de travesseiros, espelhos e computadores a estagiário em empresas renomadas como a Companhia de Petróleo Ipiranga, a ExxonMobil e a Mars, fabricante dos chocolates M&Ms, além de um inesperado intercâmbio estudantil na Europa, financiado em parte pela Universidade.

Me formei em 2001 e logo me mudei para a capital paulista, quando trabalhava para a Mars. Nesse ano, passei em um dos processos seletivos mais concorridos da época para o programa de *trainee* da Vivo, na área de marketing, onde fiquei por quatro anos. Em 2006 fiz uma nova mudança profissional para meu primeiro cargo gerencial, na SC Johnson[1], empresa multinacional norte-americana, onde eu tive a oportunidade de trabalhar durante treze anos em diferentes canais comerciais, além de morar em Curitiba por um período.

Durante essa árdua jornada, foco, dedicação e determinação foram os impulsores de todas as conquistas, da realização de sonhos e da estabilidade pessoal, profissional e financeira.

Hoje sou Diretor Global na matriz da SC Johnson, moro nos Estados Unidos em uma cidade próxima a Chicago, com minha adorável esposa e meus dois filhos.

Espero que vocês desfrutem da leitura deste livro e mergulhem nessa aventura que me fez conhecer 11 países em 300 dias sem dinheiro no bolso. Que minha experiência possa inspirá-lo a superar barreiras

---

[1] A SC Johnson é uma empresa familiar com sede em Racine, Wisconsin, Estados Unidos. É uma empresa de manufatura de produtos para a casa detentora das marcas Glade, OFF!, Baygon, Raid, Bravo, Mr. Muscle, Pato, Lysoform, Ziploc entre outras. Atua no Brasil desde 1937 e seus produtos estão presentes em mais de 175 países.

e a quebrar estereótipos para que seus sonhos possam ser realizados, assim como eu realizei (e continuo realizando) os meus.

Se você acreditar, e trabalhar duro por isso, tudo é possível.

"O mundo está nas mãos daqueles que tem coragem de sonhar
e de correr o risco de viver seus SONHOS."

Paulo Coelho

INTRODUÇÃO

O ROUBO

Paris... Ah, Paris!

A impressão que se tem é a de que a cidade toda é um monumento a céu aberto, feita e construída para ser visitada e apreciada, onde em cada esquina encontramos algo diferente. Não é à toa que Paris é até hoje uma das cidades mais visitadas por turistas no mundo[2].

Saí do Brasil em fevereiro de 1997 e fui para a Europa com o objetivo de fazer um intercâmbio de um semestre na Universidade Nova de Lisboa, em Portugal. Após dez meses longe de casa, além do intercâmbio, eu já havia estudado idiomas na Espanha e na Inglaterra, trabalhado em oito lugares diferentes e percorrido 12 países entre Europa e África, a grande maioria de carona. Durante essa aventura, nenhuma cidade me chamou mais atenção do que a bela e famosa Paris, conhecida como "cidade luz".

Além de muito tempo fora de casa, estava chegando de uma viagem longa e cansativa de Londres, que durou a noite toda.

---

[2] Paris era a cidade mais visitada do planeta na década de 1990 entre turistas estrangeiros e locais e tem se mantido entre as mais visitadas até hoje, perdendo algumas posições para países asiáticos devido à forte expansão econômica da China nas últimas décadas.

Trazia comigo 703 dólares[3] e algumas moedas que ganhei trabalhando em Londres, o que para mim era uma fortuna na época. Aliás, essa foi uma das únicas vezes naqueles dez meses percorrendo a Europa em que tinha alguma sobra de dinheiro no meu bolso.

Alguns quilômetros depois de cruzar o Canal da Mancha de balsa, dentro de um ônibus, já próximo à capital francesa, vi o amanhecer frio e notei pequenos montes brancos ao lado da rodovia.

Neve!

Era dezembro, e a primeira vez em meus 22 anos de vida em que via neve. Ela não caía do céu, mas estava por toda parte. Eu não via a hora do ônibus parar para eu poder descer e olhar de perto.

Quando o ônibus estava próximo da estação, flocos de neve começaram a cair do céu. Eram poucos e esparsos, mas suficientes para me fazer sentir como uma criança. Para as pessoas que vivem em países tropicais e que nunca viram neve, é difícil imaginar como seja. Essa primeira experiência foi incrível, inesquecível.

Após sair da estação de ônibus, peguei do bolso o guardanapo de papel onde estava anotado o endereço de um amigo francês que conheci durante meu intercâmbio em Lisboa, e para quem eu havia prometido uma visita antes de voltar ao Brasil. Minha passagem estava marcada para dali a quatro dias. Como estávamos em época de festas de final de ano, era muito difícil mudar a data já marcada, há cerca de seis meses, e caso eu perdesse o voo ou tivesse algum problema não sei como voltaria para o Brasil.

Naquele momento, nem eu, nem minha família tínhamos condições financeiras para comprar uma nova passagem, ainda mais de última hora e em alta temporada, época em que os preços costumam ser altíssimos. Os 703 dólares resolveriam qualquer problema emergencial,

---

[3] Considerando a inflação do período mais a valorização do dólar, o valor de USD$703 teria o mesmo poder de compra aproximado em janeiro de 2024 de USD$1.500 ou aproximadamente R$8.000.

mas usá-los em uma passagem estava totalmente fora de cogitação. Já tinha planos de gastar esse dinheiro com uma viagem para meus pais no Brasil, como agradecimento por tudo que eles fizeram por mim.

Então, de Paris era só chegar em Lisboa, uma viagem de aproximadamente um dia, e pegar meu voo de volta. Tinha apenas quatro dias pela frente. Tranquilo! Nada de errado poderia acontecer.

Queria muito voltar para casa. Além da saudade, dia 19 de dezembro era aniversário do meu pai e eu estava morrendo de vontade de reencontrá-lo junto com minha mãezinha, meus irmãos e meus amigos, que já me esperavam com uma baita festa organizada.

Em Paris, troquei minhas moedas e as utilizei para percorrer algumas estações de metrô e chegar ao bairro onde morava meu amigo. Era quase hora do almoço, a temperatura estava próxima de zero grau e eu estava com muito frio, pois não vestia roupas de inverno adequadas para aquela situação. Apertei o número do interfone que estava anotado no guardanapo.

Após algum tempo, uma voz sonolenta atendeu e disse que já estava descendo.

Enquanto esperava, fiquei olhando para cima, vendo o bairro todo ficar branco com os flocos de neve que caíam do céu e aproveitei para escrever no para-brisa coberto de neve de um carro estacionado:

Lu Mazon
Paris 1-12-1997

Eric abriu a porta, pegou um punhado de neve do chão, fez uma bola e jogou direto no meu rosto.

Com um português mais ou menos e sotaque francês, disse:

— *Estê* é o *batismô pa* quem vê *nevê* pela *primeirrá* vez! — E riu.

Rimos juntos, na verdade. Nos abraçamos, e subi com ele para tomar algo quente, trocar minhas meias, que estavam úmidas do frio e da neve, e aquecer os pés congelados.

Conheci Eric no curso que fiz em Lisboa. Ele também era intercambista e foi uma pessoa de quem fiquei muito próximo. Ele era natural de Paris, mas já tinha vivido no Peru devido ao trabalho de seu pai. Falava francês nativo, inglês e espanhol fluentes, mas com um sotaque francês carregado no "erre" e sempre acentuando o final das palavras. No semestre que fizemos intercâmbio em Portugal, ele aprendeu bastante o português, e eu sempre o ajudava em algumas situações durante nosso curso, principalmente na escrita, pois já se comunicava muito bem no idioma.

Eric era o típico francês parisiense. Baixinho, tinha um topete sempre com gel, às vezes usava lenço no pescoço para complementar o visual. Estava sempre fumando seu cigarrinho e adorava café expresso, forte e puro. Ele também gostava muito do ambiente de uma cafeteria, para sentar-se e conversar enquanto observava as pessoas caminhando na rua. Sempre falava de futebol, aliás estava com grandes expectativas para a Copa do Mundo de Futebol que seria realizada na França no ano seguinte, em 1998, e nós já sabemos o resultado dessa história[4]. Como grande parte dos franceses, ele adorava o Brasil, onde queria ir passar férias na praia, escutar bossa nova e aprender a sambar com as *garrotas brrasileirras*.

Eu estava ansioso para conhecer a cidade, mas tinha pouco tempo. Minha ideia era seguir viagem no dia seguinte logo cedo.

Eric me ajudou com um pequeno roteiro que continha os principais pontos turísticos de Paris. Deixei minha mochila num canto do apartamento e saí sozinho para conhecer a cidade e curtir um pouco a neve que caía mais forte. Além de alguns trocados em francos franceses para que eu comesse algo durante o passeio, Eric me deu um cartão para utilizar o metrô e ônibus, daqueles cujo pagamento é mensal ou anual e garantem livre acesso ao transporte público da cidade. Combinamos de nos encontrar mais tarde.

[4] O Brasil perdeu a final da Copa do Mundo de futebol de 1998 para a própria França jogando em Paris, por um placar de 3 a 0.

Rio Sena, Museu do Louvre, Champs-Élysées, Arco do Triunfo, Torre Eiffel... Percorri muitos lugares e tirei algumas fotos. Infelizmente, não tinha tempo para entrar e conhecer com mais calma cada lugar e não queria gastar dinheiro, mas foi o suficiente para ficar impressionado com a cidade.

No caminho de volta para o apartamento do Eric, vi a cúpula branca de uma igreja no alto de uma escadaria que me chamou atenção. Subi para ver o que era: a Basilique du Sacré-Coeur (que em português se pronuncia Basílica de "Sacre-Crér", a Basílica do Sagrado Coração). Do topo do morro onde está localizada a catedral, tem-se uma visão privilegiada da cidade. Resolvi entrar para conhecer a catedral por dentro.

Aquele lugar seria um dos últimos que visitaria durante minha viagem, que coincidentemente duraria exatos 300 dias, desde que pisei em Lisboa até meu voo de volta. Ajoelhei-me em um dos bancos da igreja e agradeci por tudo o que havia acontecido e pela chance que tive em minha vida de estudar e viajar fora do Brasil.

Desfrutei muito de cada minuto dessa minha viagem. Antes disso tudo acontecer, eu era apenas um jovem que havia crescido em uma cidade sem semáforo, com uma vida simples e que gostava de jogar futebol na rua com os amigos.

Ao sair da basílica, na praça, vi que havia um senhor de chapéu marrom e cabelos brancos sentado em um banco com as pernas cruzadas, bengala apoiada no banco e as mãos imóveis cheias de farelos. Vários pardais lutavam entre eles para conseguir comer a comida que aquele senhor oferecia. Era fim do dia e o sol estava se pondo.

Havia uma paz imensa naquele lugar e dentro de mim. Estava cercado pelo canto de passarinhos e, ao fundo, ouvia o ruído de carros que passavam pelas ruas lá embaixo.

Tinha o sentimento de missão cumprida e que nada poderia ter dado tão certo quanto os últimos 297 dias. Aquela igreja linda, aquele senhor com os pássaros, o entardecer em Paris, a neve que ainda restava em alguns lugares no chão, a Torre Eiffel começando a ser iluminada, e eu, quase de volta para minha casa com um presente no bolso para meus pais. Muita gratidão, aprendizado e felicidade por tudo.

Em vez de descer pela escadaria principal onde transitavam os turistas, o comércio e os visitantes da Catedral, desci por umas escadas laterais e ruelas, que imaginava que iriam dar em um caminho mais próximo ao apartamento. E realmente dariam.

Desci as escadarias meio desertas, pensando na vida e aproveitando um pouco mais aquele friozinho, com alguns montes de neve pelo chão. Minha cabeça estava longe com uma paz interior enorme que me trazia um sentimento muito bom.

Três homens subiam as mesmas escadas, conversando entre eles. Aparentemente uma cena normal e corriqueira do dia a dia de qualquer cidade do mundo. Porém, quando nos cruzamos, tive o pior momento de toda minha viagem e acredito que da minha vida.

Os três vieram para cima de mim de forma brusca, um agarrou o meu braço esquerdo, torcendo-o para trás. O outro sacou uma faca e colocou-a em minha barriga, pressionando com força. O terceiro homem, aos gritos, dizia: "*Arjam, Arjam, Arjam*!!!". Só mais tarde, fui saber que *argent* significa "dinheiro" em francês.

Revirando meus bolsos como um animal, desesperado e muito nervoso, ele pegou minha carteira, abriu-a e viu alguns poucos francos que o Eric havia me dado e três dólares. Continuou a mexer mais e encontrou os outros 700 dólares, que consegui juntar durante os últimos meses, dobrados e escondidos em um canto da carteira.

Aquilo era tudo o que eu tinha e tudo aconteceu tão rápido. Eu estava apavorado e não me dei conta do que realmente estava acontecendo e o impacto que isso me causaria.

O homem pegou aquele maço de dinheiro dobrado e jogou minha carteira no chão. O outro homem, que segurava meu braço, me agarrou com muita força, chegou bem perto de meu rosto e, olhando no fundo dos meus olhos, cuspindo um pouco ao falar e com um mau hálito horrível, disse alguma coisa em francês. Em seguida, me deu um empurrão forte contra o muro e os três saíram correndo escadaria acima em direção à igreja e à multidão.

Fora o susto e a perda de meu dinheiro, não aconteceu nada de grave comigo. Só depois me dei conta de que poderia ter sido muito pior.

Sair com todo o meu dinheiro no bolso foi um dos meus maiores erros, já que eu não tinha pretensão nenhuma de gastá-lo. Fiquei em choque por alguns minutos e completamente sem reação. Às vezes pensava em correr atrás deles, ou chamar a polícia, sei lá. Poucas vezes em minha vida tive o desejo de que tudo aquilo que estava acontecendo fosse mentira. É uma sensação de impotência, medo, raiva e autopunição, o que é difícil explicar, mas era a mais pura e dura realidade.

Depois de alguns segundos parado, perdido e sem saber o que fazer, avancei a passos apressados em direção ao apartamento do Eric. Quando ele abriu a porta e viu minha cara de assustado, perguntou o que tinha acontecido. Então, falei em voz alta que tinham roubado todo meu dinheiro:

— Setecentos dólares, Eric! Setecentos dólares! Era tudo que eu tinha!

A resposta dele, com um sentimento injustificado de culpa pelo que tinha acontecido, foi imediata:

— Tá *locô*? Sair com setecentos *dólarres* na *carrterá*, *sozinhô*, no meio da rua de *Parrí*? Você viu se *erram argelinôs*?

— O quê? Sei lá – respondi.

Só depois, já no Brasil, descobri esse preconceito que os franceses têm devido à colonização no passado e atual migração de argelinos em busca de emprego na França. O mesmo que acontece nos Estados Unidos com os mexicanos ou latinos e, infelizmente, até dos brasileiros do sul com os nordestinos.

Enfim, voltando ao assalto... Depois de uma pequena conversa com o Eric, sentei-me no sofá sem reação. Não sabia o que fazer. Pela segunda vez durante minha viagem, depois de horas, já sozinho no sofá, desabei a chorar. Pensava em meus pais, na saudade de minha casa e no dinheiro perdido por uma bobeira. Perto do fim daquela viagem, que estava sendo perfeita e inesquecível, dez segundos mudaram tudo.

O problema era que meu voo de volta saía de Lisboa em três dias, e, por causa de três ladrões, eu tinha que cruzar três países e percorrer aproximadamente três mil quilômetros[5], tendo apenas três dólares no bolso...

"Ter problemas na vida é inevitável. Ser derrotado por eles é opcional."

Roger Crawford

---

[5] O caminho seria de 2.300 quilômetros indo mais rápido pelas principais estradas do percurso, mas percorri aproximadamente 3.000 quilômetros para chegar e vou explicar como isso aconteceu nos próximos capítulos.

Roteiro que eu teria que fazer em três dias com três dólares

CAPÍTULO 1

O INÍCIO DE TUDO

Minha história começa aproximadamente um ano e meio antes de eu pisar pela primeira vez em Paris e ser roubado.

Na volta das férias de julho de 1996, vi no mural da faculdade um panfleto dizendo que estavam abertas as inscrições para intercâmbio estudantil na Europa. Eram duas vagas para Lisboa, em Portugal, e duas para Estocolmo, na Suécia, sendo necessário ter o certificado TOEFL[6] para a segunda.

Um colega de turma que lia a mesma notícia ao meu lado sugeriu que nos inscrevêssemos para concorrer às vagas de Portugal. As de Estocolmo foram prontamente descartadas, pois nenhum de nós tinha o certificado de idioma, tampouco um nível intermediário de inglês. Sabíamos somente o básico.

A possibilidade de fazer um intercâmbio na Europa me pareceu superinteressante. Me lembro até hoje de não ter dormido direito naquela noite pensando nisso. Era realmente um sonho distante, mas não impossível.

---

6 TOEFL: é a sigla em inglês para *Test of English as a Foreign Language* (Teste de Inglês como uma Língua Estrangeira). Trata-se de um certificado de proficiência em inglês americano exigido por diversas instituições para provar que o candidato a uma vaga, seja de estudo ou de emprego, domina o inglês.

Talvez isso hoje seja mais comum para muitas famílias e estudantes. Eu diria que, devido ao mundo globalizado, com as facilidades que existem e vagas disponíveis para se realizar um intercâmbio, isso até já faça parte do plano de muitos. Porém, eu vivenciava uma realidade diferente, já que em 1996 não havia internete, a facilidade dos e-mails, grande variedade de malhas aéreas, crédito para estudantes, parcerias entre escolas e vagas disponíveis para intercâmbio como há hoje, além de que eu e minha família não tínhamos recursos disponíveis para embarcar nesse sonho facilmente.

Eu vinha de uma família humilde de uma cidadezinha chamada Conchal, no interior de São Paulo, uma antiga colônia de imigrantes italianos com menos de vinte mil habitantes na época. Meu pai era comerciante, sócio de um mercado com meu tio Jota, irmão da minha mãe.

Meu pai era gordinho e não muito alto, usava óculos e, na verdade, nunca gostou de ser comerciante, ele gostava mesmo de mexer com criação de frangos, suínos e plantação, que era o que meus avós e bisavós faziam desde quando chegaram da Itália para tentar uma vida melhor no Brasil. Ele era uma pessoa reservada, de poucas palavras, que só dizia o que pensava quando era perguntado. O que mais me marcou foi a liberdade e autonomia que ele dava para os filhos, tanto para o lado bom, de poder sempre estar com amigos e de resolver nossos próprios problemas, quanto para questões mais desafiadoras, como meu primeiro dia na universidade.

Quando passei na USP, foi uma alegria muito grande em casa, pela conquista de entrar na melhor e mais concorrida universidade pública do país, e pela questão financeira da família, que não tinha muitos recursos disponíveis. Um outro detalhe é que sempre estudei em colégios públicos, o que no primeiro momento não foi suficiente para uma aprovação e acabei fazendo um ano e meio de cursinho pré-vestibular. Trabalhava no mercado do meu pai durante o dia, fazendo de tudo no ponto de venda: repor mercadoria, precificar, servir os clientes, limpar, varrer o chão. À noite, estudava.

Nesse ano, meu pai não tinha carro, mas, quando precisava, utilizava uma Kombi toda branca e bastante usada do mercado, que era originalmente o veículo de entregas de compras na zona rural ou nas regiões mais distantes do centro da cidade.

Muito raramente, pegava emprestado o Corcel azul-escuro do meu tio Jota, que chamávamos de *Corcelzinho*, como aconteceu no dia de irmos fazer a minha matrícula em Ribeirão Preto, a cerca de 200 quilômetros ao norte de Conchal.

Algumas semanas após a matrícula, me lembro de um almoço em família para o qual minha mãe tinha feito frango picado com milho e requeijão, um prato que eu adorava. Quando ela preparava esse prato, sabia que havia grande chance de ela abrir um pacote de batata palha, que, para mim, era coisa de gente rica. Um almoço perfeito de despedida, pois isso foi um dia antes do início das minhas aulas.

Durante o almoço, perguntei:

— Pai, minhas aulas começam amanhã. Como vamos fazer para ir para lá?

Reparem que coloquei o "vamos" já jogando a reponsabilidade para ele e imaginando que ele se encarregaria de todo o processo.

E ele foi direto na resposta:

— Acorda amanhã cedo, vai até a rodoviária e pega um ônibus para Ribeirão Preto.

Silêncio na mesa. Um olhando para o outro sem falar uma palavra, inclusive minha mãe que, ao final do almoço, veio conversar comigo para planejar um pouquinho melhor essa situação.

Minha mãe era baixinha, dona de casa, tinha somente o curso primário, pois teve que abandonar os estudos para ajudar na lavoura da família e trabalhar na fábrica de processamento de mandioca na cidade. Mãezona e com a alma mais pura que conheço, teve a vida voltada para criar da melhor maneira possível seus três filhos. Ela sempre contava com a ajuda da minha vó Ina (Angelina), uma italianinha enfezada e amorosa que ajudava muito em casa. Minha segunda mãe, que já se foi. Sem dúvida, a pessoa que mais sinto falta neste mundo.

Após aquele almoço, me sentei com minha mãe na sala para ver horários de ônibus, preços, opções de aluguel na cidade de Ribeirão Preto (os calouros recebiam na matrícula um folheto com uma lista de opções onde ficar no início das aulas) e outros detalhes. Deu tudo certo, pois ela já tinha ajudado minha irmã e meu irmão nesse processo.

Meu pai também, claro. Ele não era alheio à situação, e essa forma que ele tinha de agir nos fez ser muito mais fortes e preparados para o futuro. No fim do dia. ele me deu um papelzinho com o nome e telefone de um conhecido que poderia me ajudar em Ribeirão Preto, caso eu tivesse algum problema. Ele sempre nos testava para ver até onde íamos e como resolveríamos os problemas, mas, no aperto, estava à disposição para nos ajudar no que fosse. Agradeço muito a ele por tudo, não mudaria nada de como foi. Não teria enfrentado tudo que sempre enfrentei em minha vida se não fosse a forma como ele me educou. Assim, fui crescendo e me sentido forte e capaz de realizar qualquer desafio que a vida impunha, e isso eu devo muito a ele.

A Heloisa (Lô), minha irmã três anos mais velha, pele bem branca, cheia de pintinhas, cabelos negros encaracolados e olhos verdes, típica descendente de italianos e linda até hoje. Ela era muito inteligente e fazia Arquitetura na PUC Campinas. O Eduardo (Du), um ano mais velho, e que todos diziam que se parecia muito comigo, usava aparelho nos dentes, era muito tranquilo, com cabelos castanho-claros ondulados, tinha algumas espinhas que nunca o abandonavam (e que ele odiava) e cursava Ciências da Computação na Universidade Federal de São Carlos (UFSCar).

Tendo os três filhos estudando em faculdades ao mesmo tempo, apesar de serem duas públicas, meu pai estava com o orçamento todo comprometido, pois havia, além da mensalidade da minha irmã, os custos de alimentação, moradia e transporte de todos.

A Lô, devido às boas notas durante a faculdade, era monitora na PUC, e isso lhe proporcionava descontos nas mensalidades. Meu irmão Du empreendeu e abriu uma escolinha de computação, onde dava aula nas horas vagas.

Já eu, depois de começar a faculdade em Ribeirão Preto, tentava fazer de tudo para conseguir um dinheiro adicional e economizar ao máximo, por exemplo, comendo somente no refeitório subsidiado pela faculdade e com preços bem baixos, e que era carinhosamente chamado de "bandejão" pela forma como a comida era servida. Meu maior medo era o dia da feijoada. Eu não conseguiria explicar como as cozinheiras conseguiam deixar aquela comida tão ruim, uma verdadeira gororoba. Mas, de um modo geral, era bom.

Morei em pensão de trabalhadores de obras e em república de estudantes[7] em áreas pouco valorizadas da cidade e diria que, em certos momentos, até um pouco perigosas, mas com aluguéis a baixo custo. Além disso, sempre quando viajava para visitar meus pais, eu tentava alguma carona com amigos da própria faculdade, que iam mais ou menos pelo mesmo caminho, ou ia até a estrada, na saída da cidade, para pedir carona com uma plaquinha informando o destino. Sempre deu certo.

Para conseguir um dinheiro extra nessa época, tentei vender travesseiros e espelhos no centro da cidade, o que foi frustrante, pois andava muito com as mercadorias embaixo do braço, sempre com calor e sol muito forte, batendo de loja em loja com pouquíssimas vendas.

Até que meu irmão sugeriu que eu vendesse computadores na faculdade, pois como ele tinha a escolinha de computação, conseguia comprar a preço de custo. Isso, sim, deu muito certo. Comecei a distribuir panfletos pela faculdade. Havia muita procura dos estudantes, principalmente por impressoras, já que os professores solicitavam muitos trabalhos em grupo e que precisavam ser impressos.

Nesse mesmo momento, eu consegui um estágio na Empresa Júnior da faculdade[8] que complementava meu orçamento, e esses

---

[7] Repúblicas de estudantes são casas ou apartamentos alugados por estudantes nos quais todas, ou a maioria das despesas, são divididas entre eles.

[8] Empresa Júnior: é uma associação civil sem fins lucrativos, formada e gerida por alunos, cujos objetivos são: fomentar o aprendizado prático do universitário em sua área de atuação, elaborar projetos de consultoria na área de formação, entre outros projetos relacionados.

dois últimos trabalhos me ajudaram a fazer uma pequena poupança, podendo tornar o sonho do intercâmbio realidade.

Me lembro quando eu recebi o meu cartão de visitas. Quando o peguei na mão, eu perguntei para a pessoa:

— Qual é a diferença entre "www" e "@"?

Apesar da internet, websites e e-mails terem sidos inventados por volta de 1970[9] nos Estados Unidos, eles estavam sendo popularizados entre as pessoas no Brasil exatamente nessa época, entre 1996 e 1997.

Com tudo isso, consegui uma poupança de 1.200 reais, ou 1.200 dólares[10] na conversão da época, e segui com os processos de entrevistas, levantamento de toda documentação pessoal, histórico de notas da faculdade etc.

Além de minha inscrição, entrei com solicitação de bolsa de estudos, pois ainda não acreditava que conseguiria me manter por um semestre em Lisboa com esse montante. Na verdade, na época, não tínhamos dinheiro nem para a passagem, mas em conversa com meus pais, eles já tinham dito que daríamos um jeito.

E o que parecia um sonho distante estava se tornando realidade. Eu e o Mario, conhecido por Marião, o mesmo amigo que havia sugerido nossa inscrição, fomos os escolhidos para o intercâmbio.

Havia um jornalzinho interno no Campus da USP, e fizeram uma pequena matéria sobre nós dois e outros três alunos que também estavam fazendo intercâmbio. Ou seja, cinco alunos em todo o campus, sendo que hoje em dia, no mesmo campus, esse número chega a ser de dezenas de estudantes intercambistas.

---

[9] A internet foi criada em 1969, nos Estados Unidos. Chamada de Arpanet, tinha como função interligar laboratórios de pesquisa. E o primeiro e-mail surgiu em 1971, quando o programador Ray Tomlinson precisava se comunicar com os colegas de projeto. Ele criou, então, um aplicativo de troca de mensagens de texto. Porém, no Brasil, só se popularizaram em 1993/94 e tiveram sua grande expansão em 1996/97.

[10] Considerando a inflação do período mais a valorização do dólar, o valor de USD$1.200 teria o mesmo poder de compra aproximado em janeiro de 2024 de USD$2.600 ou aproximadamente R$13.000.

Eu diria que o Marião foi essencial nesse processo todo. Do início ao fim.

Como já comentei, foi ele quem sugeriu participarmos do processo e ele era uma pessoa muito empreendedora, com muita coragem em arriscar e pouco medo de errar.

Ele era de Campinas, também interior de São Paulo. Além de ser mais alto, eu sempre brincava que ele não tinha testa, ao contrário de mim, pois essa era uma parte do corpo que me sobrava em tamanho. Ele adorava aviões, dizia que um dia teria uma empresa de fretes aéreos ou coisas do tipo, e se envolvia com as mais diversas coisas. Como falamos na linguagem popular, um "cara fuçado". Uma vez ele montou um jogo de tabuleiro de negociação de agronegócio e usou os amigos da república de estudantes onde morávamos como cobaias. Ele falava que um dia venderia a ideia para alguma empresa de jogos. Era bastante sonhador e, ao mesmo tempo, sempre se mexeu para colocar suas ideias variadas em prática.

A inscrição já tínhamos, mas ainda faltava viabilizar os outros detalhes, como a bolsa de estudos que precisávamos conquistar e, caso não conseguíssemos, teríamos que pensar em alternativas.

Me lembro que na época eu conhecia algumas cidades da região e já tinha ido para a praia algumas vezes, mas viajar para a Europa ou sair do país era muito além do que eu imaginava.

Novamente segui atrás de documentação, comprovantes e entrevista em São Paulo como parte do processo para concorrer à bolsa. O processo estava sendo liderado pela CCInt (Comissão de Cooperação Internacional da FEA-USP), e em paralelo já abri o processo de visto de estudante para Portugal.

A notícia veio muito rápido. Não consegui a bolsa integral, mas uma ajuda financeira no valor da passagem de ida e volta.

Para quem não tinha nada e estava pensando em todas as possibilidades para viabilizar esse sonho, era um sinal de que a partir daquele momento não tinha mais volta, a viagem e o intercâmbio realmente iam acontecer.

Matrícula feita, passagens compradas, um pouco das economias de meus pais e mais os meus 1.200 dólares, que, pelos meus cálculos, era o suficiente para um semestre em Portugal. Eu estava feliz e com muita vontade de dar esse passo importante em minha vida.

Agora era só arrumar as malas.

"Tem horas que é preciso parar de sonhar e partir."

Amyr Klink

CAPÍTULO 2

PORTUGAL DE CARONA – DO CÉU AO INFERNO

Fazer as malas, acertar todas as coisas no Brasil, muitas despedidas, aeroporto, avião: cada passo uma coisa nova, uma descoberta e, principalmente, um aprendizado que foi levado para toda a vida.

O avião pousou em Lisboa e o Marião, que tinha chegado havia dois dias, já estava me esperando no desembarque. Pegamos um táxi com direção ao lugar onde ficaríamos durante o semestre e fomos rindo de algumas particularidades de Portugal que ele me contava, como a forma de falar "pois-pois", "sim, senhori", "brigadinho", "faz favori", o significado diferente de algumas palavras, como "bicha", que significa "fila", as telenovelas brasileiras que faziam um tremendo sucesso por lá, entre outras coisas.

O Marião pagou o taxista com uma nota de escudos portugueses, pediu o troco e uma nota fiscal, pois aquele valor seria reembolsado pela faculdade como boas-vindas.

De imediato, o taxista falou que não tinha troco para aquele valor. Como não tínhamos muita ideia de quanto era aquele valor convertido em reais, exigimos o troco, e o Marião falou:

— Eu quero meu troco. Não importa que você não tenha. Troque em alguma loja ou em algum posto de gasolina.

O taxista ficou muito bravo e saiu para trocar em algum dos comércios nos arredores. Estava nublado e fazia frio em Lisboa.

Na volta, assim que nos deu o troco, gritou:

— Brasileiros do caralho, voltem para seu país. O que estão fazendo aqui? Seus brasileiros do caralho!

Todo mundo na rua parou para olhar e eu, particularmente, fiquei assustado com essa recepção. Estava tão empolgado e deslumbrado com tudo que aquelas não eram as boas-vindas que eu esperava. Mas depois vi que esse comportamento não ocorreu com nenhum outro português, muito pelo contrário, os portugueses sempre foram muito amáveis e receptivos em todos os momentos conosco.

Acredito que o taxista já tinha ficado um pouco incomodado com nossos risos dentro do carro sobre as coisas de seu país e depois fiquei sabendo que aquele troco que pedimos, convertido para nossa moeda, era coisa de centavos. Ou seja, apesar de tudo, até entendo aquela reação.

Chegamos enfim à casa na qual ficaríamos, que na verdade era a porta de um prédio que dava direto na rua e que descia para um nível abaixo da calçada.

Descendo essa escada, chegava-se direto a outra porta. Ao entrarmos, conheci a dona Gracinda, proprietária do local. Ela era casada com seu Américo, que por coincidência também era taxista, e quem eu via muito pouco. Ele não estava naquele momento.

Ela era uma velhinha baixinha, bem simples e típica dona de casa, sempre usando aqueles vestidos de avó e um avental com manchas de comida. Não saía muito e gostava de conversar, mas o que mais me chamou atenção foi o local. A porta de entrada dava direto na cozinha, bem pequena, muito humilde, onde havia um lençol estampado pendurado, formando uma divisória naquele pequeno cômodo. Só depois soube que o lençol dividia a cozinha de uma cama, que era o quarto do casal, tudo junto. Havia também, na parede, um poleiro com uma espécie de periquito acorrentado pelo pé. Sempre que alguém entrava ou passava por lá, ele tentava sair voando e "gritava", fazendo um barulho típico, não tão agradável, de periquito, maritaca ou papagaio. Quando isso acontecia, ele ficava pendurado, batendo as asas como um pêndulo e, depois de um tempo, se acalmava e voltava para seu poleiro.

Dona Gracinda disse que tinha sido presente de um parente de São Thomé e Príncipe, país tropical e antiga colônia portuguesa na África.

Ela adorava aquele pássaro e, como ela passava o dia todo dentro de casa, ele era sua companhia. Às vezes eu a escutava "conversar" com ele. Porém, eu tinha um dó muito grande daquele pássaro. Não sei como eram as leis de Portugal naquela época, mas se fosse hoje, acho que ela teria problemas sérios em manter o pássaro daquela forma dentro de casa.

Enfim, aquele pedacinho de espaço era onde dona Gracinda vivia. Depois desse cômodo, tinha um corredor pequeno com um banheiro do lado esquerdo, nosso quarto do lado direito e um quarto no fundo do corredor.

Nosso quarto era simples, com duas camas cobertas por lençóis estampados, um armário, uma pequena mesa no canto e uma janelinha de vidro que dava exatamente na altura da calçada e trazia um pouco de luz natural para dentro do cômodo. Era como se fosse uma "casa de avó" com um cheiro característico de moveis antigos e de um espaço que ficava a maior parte do tempo fechado, com pouca ventilação. Um fato curioso para mim é que, naquela época em Portugal, algumas pessoas mais velhas tinham o estranho hábito de escarrar e cuspir, e faziam isso muitas vezes quando andavam na rua. Dito isso, aquela nossa janelinha permaneceu praticamente fechada por todo o período que estivemos por lá, para evitar qualquer incidente indesejado.

Apesar de simples, o espaço era muito bem localizado, perto do metrô e comércio, limpo e muito barato, além da dona Gracinda sempre levar um chazinho de limão para aquecer e espantar o frio.

O único problema era o morador do quarto ao lado, que era um garçom, e às vezes chegava de madrugada e colocava o som alto, mas muito alto mesmo, como se estivesse colocando o volume no máximo de seu aparelho de som, com música pimba[11] portuguesa, com frases

---

[11] Pimba é o termo português usado para qualificar uma variedade de música popular portuguesa e música folclórica, cujas letras frequentemente derivam de metáforas com significados sexuais ou sentimentalismos românticos simplistas.

de duplo sentido, como "Tico mia na cama, tico mia no sofá...", "tenho um cachorrinho que se chama Kiko, ele é bonito e carinhoso, e quem quiser brincar com ele é só chamar de Kiko lindo e Kiko cheiroso..." e "mas me deixa pôr a cabecinha, amor, só a cabecinha. Você me empurra de volta, vou correndo lá na porta, mas o baile eu vou espiar".

O Marião quase brigou com ele uma noite, nas vésperas de um período de provas que tínhamos. Não conseguíamos dormir quando ele chegava empolgado. Mas era só de vez em quando e até que era engraçado.

Já na faculdade, também tivemos muitas outras experiências e ficamos surpresos com a qualidade do curso. Havia alguns professores importantes lecionando, como o Aníbal Cavaco Silva, que já tinha sido Ministro das Finanças e Primeiro-Ministro de Portugal e que, dez anos depois, tornou-se Presidente da República, além de um vice-presidente da ONU (Organização das Nações Unidas).

Ela era e ainda é considerada a melhor Universidade de negócios de Portugal e está entre as melhores da Europa e entre as 50 melhores do mundo[12]. Hoje, essa mesma Universidade abriu um novo campus no qual todo o curso de *business* é dado na língua inglesa, atraindo muitos estudantes de toda Europa ou de outros continentes.

Além da parte acadêmica, fomos até a Empresa Júnior da faculdade para fazer contato, encontramos outros intercambistas e montamos uma turminha boa: Marião e eu, o francês Eric, o espanhol Óscar, o belga Mathieu e o dinamarquês Claus, além de sempre ter um ou outro português conosco e outros intercambistas como o Javier, também da Espanha.

Depois de algumas semanas de aulas de Gestão Empresarial, conhecendo a cidade e seus arredores, assim como a arquitetura, a cultura e os costumes locais, começamos a pensar um pouco mais

---

[12] A Universidade Nova de Lisboa foi considerada em 2017 a melhor escola de negócios portuguesa no ranking do Financial Times para Formação de Executivos, ficando em 23° lugar do ranking europeu e a 45ª melhor escola do mundo.

além, em conhecer o país, que não é tão grande e tem uma área territorial um pouco menor do que o estado de Pernambuco. Mas não tínhamos dinheiro para isso, então, conversando com o Marião, nos planejamos para comprar uma barraca para cada e sair conhecendo alguns lugares nos fins de semana e feriados, de carona, como fazíamos em Ribeirão Preto quando voltávamos para a casa de nossos pais aos fins de semana.

E foi com a ponta do dedo, na beira da estrada, que toda essa história de aventura começou.

Coimbra, Leiria, Fátima, Setúbal, Beja, Estremoz, Évora, Viseu, Lamego, Peso da Régua, Porto, Braga, Elvas, Ericeira, Cabo da Roca, Tocha, Mafra, entre outros, foram alguns dos destinos que viajamos de carona – ou como se diz em Portugal: de boleia.

O Marião e eu formamos uma dupla perfeita, pois ambos gostávamos muito de viajar, não nos importávamos com situações precárias e sempre encontrávamos alternativas juntos nos momentos difíceis que enfrentamos.

Na maioria das vezes, estávamos juntos e em nenhum momento tivemos problemas ou grandes surpresas que pudessem estragar nossa viagem. Muito pelo contrário, conhecemos ainda mais o povo português e praticamente o país todo, com muita diversidade.

Em Portugal, o turismo para brasileiros era muito pouco difundido em relação aos principais pontos turísticos mundiais, o que já mudou bastante nos dias de hoje, pois Portugal, mesmo sendo pequeno e provinciano, tem uma beleza fantástica e hoje é muito procurado por brasileiros. Além do idioma ajudar bastante para os que não falam inglês.

Das praias de Faro, ao sul, às montanhas da Serra da Estrela, ao norte. Do charme das grandes cidades de Porto e Lisboa, a oeste, à tranquilidade e simplicidade do Alentejo, a leste. Sem contar o grande carinho que os portugueses têm pelo Brasil, mais especificamente pela música, pela cultura, pela dança e, é claro, pelo futebol.

Além da aventura de sair na estrada para pegar carona sem saber como seria a pessoa e para onde ela estava indo, dormir nessas cidades

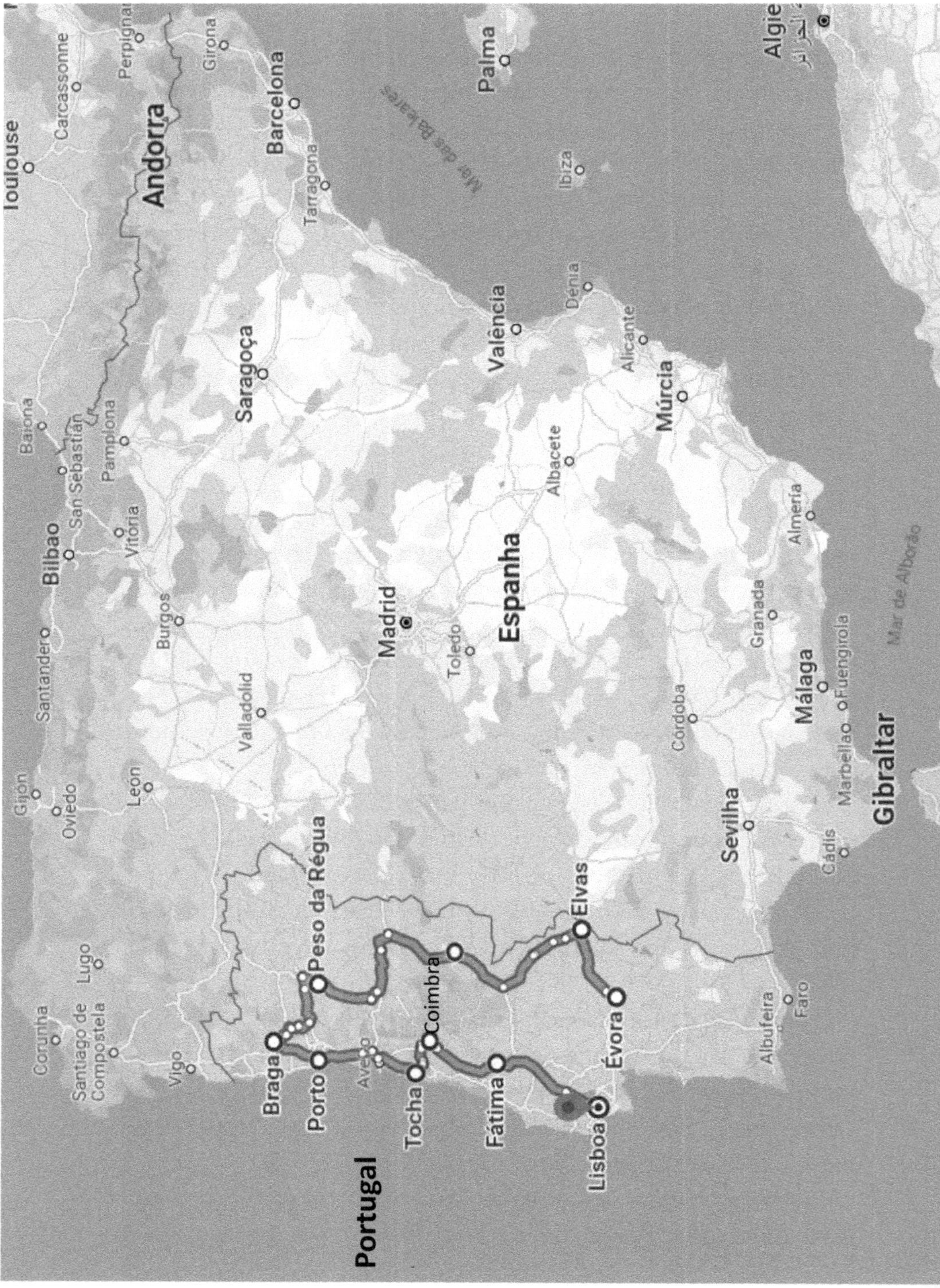

Principais cidades visitadas em Portugal

também era uma aventura à parte. Quando estávamos juntos, levávamos somente uma barraca para duas pessoas e, além de carregar menos peso, economizávamos no *camping*. Ou, quando o dinheiro não era suficiente, qualquer canto que aparentava ser seguro dentro da cidade ou nos arredores era suficiente para descansarmos e nos recuperarmos para mais um dia de aventura.

O lugar mais inusitado onde dormimos em Portugal foi em Peso da Régua, uma cidadezinha próxima à cidade do Porto, região montanhosa cortada pelo Vale do Douro e conhecida pela produção de uva para a fabricação do famoso Vinho do Porto.

Não conseguíamos encontrar um lugar adequado para dormir naquele vilarejo. Chegamos até a ver se era possível ficar debaixo de uma ponte próxima ao Rio Douro, mas a poeira era tanta que não conseguíamos respirar direito. Estávamos muito cansados de viajar e caminhar por outras cidades o dia todo, e já era próximo das onze da noite. Até que, andando nos arredores centrais daquela cidadezinha, estafados, vimos um monumento no meio de uma praça: uma antiga locomotiva do tipo Maria Fumaça, toda preta. Não tivemos dúvida e fomos até ela para ver como era dentro. Confesso que era bastante apertado, e, para caber duas pessoas deitadas no chão, teríamos que dormir bastante encolhidos.

Olhando para todos os lados para nos certificarmos de que não estávamos sendo vistos, entramos, estendemos nossos sacos de dormir no chão e logo nos acomodamos. A locomotiva tinha cheiro de tinta a óleo e parecia que havia sido restaurada e colocada naquele lugar há pouco tempo. O único problema eram os holofotes que iluminavam a Maria Fumaça a noite inteira e que vinham direto em nossa direção. Fora isso, dormimos bem e acordamos com o nascer do sol, passando totalmente desapercebidos pela população daquele povoado e ganhando uma bela dor nas contas.

Porém, o momento mais marcante dessa passagem por Portugal foi em Coimbra.

A faculdade estava organizando em um fim de semana uma prova de *peddy-paper* em Coimbra, que é uma prova pedestre de orientação para equipes, que consiste num percurso ao qual estão associadas perguntas ou tarefas que, quando decifradas, podem determinar a passagem à parte seguinte do percurso.

É uma atividade lúdica geralmente ligada a conhecimentos sobre um determinado tema ou local. Algo parecido com os filmes *Indiana Jones*, *O Código da Vinci*, *Anjos e Demônios*, mas, claro, sem inimigos. Ou seja, recebíamos uma pergunta ou uma charada em um local histórico de Coimbra e, se conseguíssemos decifrá-la, continuaríamos para o próximo ponto, e assim por diante. O próprio local, um monumento, uma construção, uma placa, ou até uma pessoa na rua ou comércio local, nos fornecia as dicas para ter a resposta e seguir para o próximo lugar. Ganhava quem chegasse primeiro ao destino da prova.

Pois bem, para irmos a Coimbra, ao contrário do Eric e Óscar que já tinham as passagens de trem de Lisboa para Coimbra às dez horas da manhã no sábado, eu e o Marião nos levantamos bem cedo, pegamos um ônibus circular e paramos próximo a um ponto na saída de Lisboa, sentido Coimbra. Com uma placa escrita "Coimbra" e mochila nas costas, não demorou muito para conseguirmos uma viagem direta e acabamos chegando antes dos nossos amigos.

Rodamos um pouco para conhecer a cidade, vimos que outros estudantes estavam chegando para a prova e, nesse momento, encontramos Eric e Óscar.

As inscrições eram em duplas e formamos duas equipes: eu e Eric, Marião e Óscar.

O Eric é o mesmo que citei na introdução deste livro, no dia do roubo em Paris, que aconteceria alguns meses depois. Era ele quem gostava de festa, diversão e usava topete com gel. Já o Oscar era todo certinho, loiro e com o cabelinho impecavelmente penteado para o lado, usava óculos e sua camisa estava sempre por dentro da calça. Ele era bem na dele, muito companheiro e amigo, daqueles que você pode contar para resolver qualquer problema. Para fazer uma referência, no Brasil, geralmente falamos que é aquele amigo criado pela avó.

Em seguida, começamos o *peddy-paper*, que foi muito legal e educativo. Passamos praticamente a tarde inteira caminhando pela cidade e conhecemos muita coisa sobre a história, arquitetura e costumes de Coimbra. Acabamos em uma colocação intermediária na prova, mas o que mais valeu foi o aprendizado e a experiência.

Achamos um *camping* para passarmos a noite e saímos para comer e beber alguma coisa. Todos estavam cansados e, no dia seguinte, bem cedo, já tínhamos nos organizado para descer o Rio Mondego, que cruza a cidade de Coimbra, de caiaque.

Saindo do *camping* à noite, passamos em frente a uma mercearia que ficava atrás do Corpo de Bombeiros da cidade. Compramos um garrafão de vinho, pão, salsicha enlatada e mais algumas coisas para comer e fomos até a praça central da cidade ver um pouco do movimento. Quando estávamos prestes a ir embora, o Eric, que estava ao meu lado, disse baixo em meu ouvido enquanto o Marião e o Óscar conversavam entre eles sobre outro assunto.

— Eu vou te *pedirr* uma coisa e *gostarria* muito que você topasse. Não comente nada com eles.

Respondi um "ok" e ele continuou:

— Eu consegui duas *entradás parra* uma festa rave[13] clandestina e *querriá* que você fosse comigo. *Querriá* muito que você fosse e, se você *decidirr* não ir, eu não vou também. Não *gostarriá* de ir *sozinhô*. Não *serriá* legal.

Eu não fazia ideia do que era uma festa rave clandestina, além disso tínhamos que acordar cedo no dia seguinte. Estava cansado por ter viajado logo cedo de carona, caminhado a tarde toda e nem havia muito movimento na cidade. Já pensando que, se eu aceitasse, tinha grande risco de ser uma "furada", considerando ainda o fato de eu ter

[13] A onda rave foi o início da cena da música eletrônica nos anos 1990, com suas grandes boates e DJs celebridades. É um evento de longa duração, normalmente acima de 12 horas que geralmente se estende até o amanhecer. Em alguns casos, são realizadas fora dos centros urbanos somente com divulgação boca a boca para evitar polícia e fiscalização, pois, nesses casos, são festas clandestinas e com muita droga e, mesmo assim, atraem multidões.

levado pouco dinheiro para aquele fim de semana em Coimbra e já tinha gastado quase tudo no passeio de caiaque que havíamos reservado, pensei um pouco. Mesmo diante desses fatores, resolvi aceitar para dar uma olhada no que era essa tal festa rave clandestina.

Já mais tarde, caminhamos de volta para o *camping*, que ficava um pouco afastado do centro. Chegando lá, o Eric comentou que queria dar outra volta e perguntou para todos se alguém mais queria ir. Como eu sabia do que se tratava, falei que o acompanharia.

Depois, o Eric comentou comigo que seria legal se todos fossem juntos para a festa, e eu pensei o mesmo, mas ele só havia conseguido duas entradas. Pegamos um táxi custeado pelo Eric e chegamos ao local que ficava fora da área urbana da cidade. Era cheio de galpões ou barracões, velhos e aparentemente abandonados, mas havia muita gente chegando, de todos os lados. Já era próximo da meia-noite.

Um povo estranho, vestindo roupas esquisitas, alguns com máscaras ou usando óculos de sol, chupando pirulito, outros com cabelos coloridos ou usando chapéus e bonés, enfim, roupas diferentes das festas às quais eu estava acostumado. Até vi uma pessoa vestindo um colete salva-vidas, outro com a camisa da seleção brasileira e que não era brasileiro, enfim gente de todas as tribos.

Comecei a achar aquilo tudo engraçado e interessante ao mesmo tempo e, quando estávamos caminhando para a entrada, Eric me segurou pelo braço.

— Eu tenho uma *pilulá* e *querro* dividir com você antes de *entrrar*. Você topa? – disse ele, abrindo a mão e mostrando uma pílula branca, como qualquer remedinho para a dor de cabeça, sem chamar muito atenção das pessoas ao redor.

Eu conhecia o Eric há alguns meses e sabia que ele era aventureiro. Fiquei com receio. Nem sabia o que era aquela pílula, então disse que talvez não fosse uma boa ideia. E ele complementou:

— Você nunca *prrovô*? Isso é ecstasy, e, se dividirmos, nem vai *serr* tão *fortê*. Vai deixar a *gentê* mais animado *prra* rave. Não faz *sentidô* eu tomar e você não.

Já tinha visto outras drogas antes, principalmente em festas da faculdade, mas nunca tinha experimentado ecstasy, na verdade acredito que essa droga não era tão disseminada no Brasil naquela época, apesar de ser bastante comentada.

Acabei topando e o Eric dividiu a pílula ao meio com a mão, ficando com um pedaço um pouco maior do que o outro. Ele me deu o menor pedaço, colocamos embaixo da língua e seguimos andando.

Esses momentos na vida de qualquer jovem são muito perigosos, pois, mesmo que você não esteja pensando em fazer nada de errado, a situação, o contexto e o momento acabam te levando a tomar decisões não muito racionais e de impulso, e isso pode mudar o rumo da vida se não tiver informação, suporte familiar e consciência das consequências.

Enquanto entrava em um dos galpões da festa, fiquei impressionado com a quantidade de gente e perguntei para o segurança da portaria:

— Quantas pessoas tem nessa festa?

E ele respondeu:

— Já deve ter umas dez mil.

O quê? Dez mil pessoas em uma festa clandestina, que sequer teve divulgação, e no meio do nada, em uns barracões abandonados? Não podia acreditar no que via. Havia muita gente dentro daquele lugar e muito mais chegando. Já dentro, vi que o complexo da festa era formado por três galpões e mais uma parte externa. Uma área enorme.

Só depois fiquei sabendo que essas festas eram as mais procuradas pelas pessoas na época, que a comunicação toda era feita boca a boca e que apareciam pessoas de todo o país, muitos deles chegavam no meio da madrugada. Uma festa sem hora para acabar, sem fiscalização e com muita droga rolando, podendo facilmente ser comprada dentro da própria festa. A grande venda de bebidas nas tendas era de suco de laranja e água. Vi pouca venda de cerveja ou outras bebidas alcoólicas, e vou explicar o motivo disso mais adiante.

Já dentro da festa, caminhando e conhecendo o lugar, tive uma sensação diferente que foi aumentando e se intensificando cada vez mais. Uma sensação muito boa, difícil de explicar. Sentia energia, prazer e contemplação. Como uma viagem mental mesmo, e dizia para mim mesmo: "que lugar maluco é esse?", "olha essa gente, essa música!", "o que estou presenciando aqui, o que está acontecendo?"

Eu estava, como dizem, viajando naquela situação. Bem longe de casa, na zona rural de uma cidade no interior de Portugal, em uma festa que acontecia em galpões abandonados, com DJs[14] tocando músicas eletrônicas alucinantes, com jogo de luzes de todas as cores, uma multidão dançando e, em um certo momento, eu sentia como se estivesse flutuando, pisando em nuvens.

Êxtase puro!

Havia poucas mulheres que me interessavam na festa. Era uma galera mais alternativa, mas, quando eu encontrava alguma que me chamasse atenção, era só eu passar perto para ficar arrepiado, com uma sensibilidade incrível na pele. Qualquer toque no abraço, já causava um prazer e tanto. Difícil de explicar. Paz e excitação ao mesmo tempo, com meus dedos formigando e meu corpo levado pela batida da música.

Toda essa sensação estava sendo causada pelo ecstasy, e isso durou por horas e horas.

O tempo foi passando, a festa estava tão boa que mal percebi que já amanhecia. Na entrada, tinha combinado mais ou menos com o Eric que, se nos separássemos, nos encontraríamos em tal lugar, em tal horário. E foi nesse momento, depois de ter nos separados por algumas horas, que nos encontramos novamente.

Já estava amanhecendo, havia bem menos gente e, por incrível que pareça, algumas pessoas ainda estavam chegando.

No momento em que me reencontrei com o Eric, nós dois praticamente já não tínhamos mais o efeito do ecstasy e estávamos

---

[14] Um disc jockey (DJ), ou discotecário, é um artista que seleciona e reproduz as mais diferentes composições, previamente gravadas ou produzidas na hora para um determinado público-alvo em pistas de dança, clubes, boates, danceterias, festas e raves.

completamente desesperados de sede. Uma coisa incrível, pois não se sente sede por horas e, de repente, é um desespero surreal para conseguir um copo d'água.

Só depois fiquei sabendo que essas substâncias sintéticas provocam uma reação muito perigosa, pois durante seu efeito o corpo fica muito agitado, gerando uma desidratação natural. Outro efeito é o aumento de temperatura do corpo, causando uma sede tremenda.

Há pessoas que perdem totalmente o controle da sede e bebem muita água quando estão enfrentando essa situação, causando a chamada intoxicação hídrica, que é a ausência de sódio e excesso de água repentino que sobrecarrega os rins e pode causar arritmias severas e até uma parada cardíaca[15]. Além disso, é comum ficar mordendo os lábios, por isso algumas pessoas chupavam pirulitos, como comentei acima, para evitar esse problema. Esse era o motivo de vender água e suco na festa, pois havia tantas drogas rolando, como ecstasy, maconha ou haxixe, entre outras, que no fim todo mundo iria precisar se hidratar, e o preço de uma simples garrafinha de água era muito caro.

Como o Eric havia comentado que pagaria tudo naquela noite e não era para eu me preocupar, acabei deixando o pouco dinheiro que tinha no *camping*, então, quando ele comentou que não tinha mais dinheiro, entramos em pânico.

Em pânico mesmo!

Saímos correndo para um banheiro para tomar água da torneira e, quando abrimos a torneira, não havia água. Olhamos um para a cara do outro e, sem falar nada, ao mesmo tempo, fomos direto para o vaso sanitário, o qual já estava todo sujo e absurdamente nojento, mas com uma caixa acoplada que poderia ter alguma reserva de água. Abrimos a tampa de porcelana e nada. Completamente seco.

Desespero total.

---

[15] Intoxicação hídrica: https://brasilescola.uol.com.br/curiosidades/intoxicacao-por-agua.htm

Saímos do banheiro e, nesse horário, já havia milhares e milhares de garrafas vazias de água e suco espalhadas pelo chão. Nós dois, agindo como dois bichos, saímos procurando um resto de bebida dentro de alguma garrafa no chão. Naquele momento, não estávamos mais raciocinando direito, era instinto puro e a sede que sentíamos era algo sufocante. Até que avistei uma garrafa grande, cheia de suco de laranja e aparentemente fechada. Foi uma sensação de alívio muito grande e parecia impossível aquela garrafa estar ali.

— Eric, olha aquilo! Achei! – gritei, apontando meu dedo para a garrafa.

Fomos os dois correndo para pegar a garrafa e matar aquela sede, mas o que parecia algo perfeito mudou completamente quando a pegamos. Ela realmente estava lacrada e com suco dentro, mas toda suja e coberta vômito. Havia um boné preto jogado no chão e não pensamos duas vezes, diria que foi até algo sincronizado, como havia sido na caixa acoplada da privada do banheiro. Eram movimentos de impulso e desespero. Nessa hora, nem me importava com as pessoas ao redor. Pegamos o boné do chão, limpamos o vômito de forma muito superficial, abrimos a garrafa e tomamos todo aquele suco!

Deprimente. Lamentável. Degradante. Angustiante.

Se um ser humano pode ficar mal e perder a racionalidade, esse é um exemplo.

Gostaria de frisar que a decisão de aceitar ir à festa e experimentar o ecstasy foi totalmente minha, e o Eric não pode ser julgado de forma negativa nesse caso. Eu poderia ter dito "não". Ele só quis curtir o momento com um amigo e acreditava que, daquela forma, seria a melhor. Passamos por muitas coisas juntos e ele foi muito importante nesse período da minha vida. Esse único momento não diminui em nada toda a amizade e carinho que tenho por ele e que levarei por toda minha vida.

Depois de tudo, ainda andamos vários quilômetros para chegar ao *camping*, pois não tínhamos dinheiro para o táxi e não conseguimos carona de volta. Quando chegamos, o Marião e o Óscar estavam desmontando as barracas, descansados e se preparando para ir para o caiaque. Fomos a contragosto, pois queríamos ficar dormindo.

O passeio no rio foi muito legal, mas eu, particularmente, não aproveitei quase nada.

Para eles, foi um dia prazeroso na natureza, remando na descida do rio com água límpida, escutando os passarinhos, contemplando o local e interagindo com outras pessoas do grupo que desciam junto conosco. Já para mim e para o Eric, foi um sacrifício de um dia inteiro, remando contra o vento, encalhando o caiaque em bancos de areia e não querendo muito papo com ninguém naquele passeio interminável pelo rio. Cada pássaro que piava piorava minha dor de cabeça.

No final do dia, pegamos o trem de volta a Lisboa. Apaguei no momento em que me sentei no banco do nosso vagão e fui acordado na hora que chegamos.

Eu fiquei com receio de contar essa história por conta da exposição, principalmente para minha família. Até hoje, meus pais não fazem ideia de que isso aconteceu. Eles estão lendo isso junto com vocês. E eu diria que pouquíssimos amigos meus sabem, pois é uma passagem em minha vida que sempre senti muita vergonha de contar.

É logico que uma droga consumida, independentemente de ser legal ou ilegal, vai trazer prazer, felicidade, paz, relaxamento, excitação, energia, sentimentos e experiências novas. Não é à toa que quem usa gosta muito, vicia e, por um erro gravíssimo, segue usando até ficar, em muitos casos, dependente.

Durante o efeito da droga, tive uma experiência de prazer única em minha vida, mas a consequência disso é muito pior do que qualquer prazer causado antes. Toda droga traz uma consequência e é preciso consciência de que entrar nessa para curtir, mesmo que por uma única noite ou um único momento, implica em correr riscos.

O pior não é apenas o risco de arruinar sua vida, mas o risco de arruinar muitas outras vidas, de pessoas que estão ao seu redor e que te amam.

Quem consumiu alguma droga pesada uma vez e saiu ileso, por uma questão de sorte, não pode ficar certo de que terá a mesma sorte nas próximas vezes.

Não arrisque, não experimente, não entre nessa. Dizer "não" é tão simples quanto dizer "sim". Só depende de sua atitude.

A vida e as pessoas que amamos valem muito mais do que isso.

"Você pode encarar um erro como uma besteira a ser esquecida, ou como um resultado que aponta uma nova direção."

Steve Jobs

CAPÍTULO 3

AJUSTES FINAIS E A DECISÃO DE VOLTAR OU SEGUIR

Aproximadamente quatro meses depois de chegar em Lisboa, meu intercâmbio chegava ao fim, bem como o dinheiro que eu tinha levado do Brasil. Não tinha do que reclamar, pois levaria tudo que havia vivenciado em Portugal por toda a vida.

Voltando do fim de semana em Coimbra, na segunda-feira, Marião e eu fomos à casa de uma amiga portuguesa para terminar nosso trabalho final de uma das matérias da faculdade. Naquele dia, não tivemos aula presencial e reservamos o dia para este fim. Trabalho em grupo, discussão de ideias e finalização dos preparativos para a apresentação.

Tínhamos ficado amigos das meninas no primeiro dia de aula em Lisboa. Naquele dia, entramos em um auditório grande como um anfiteatro, subimos as escadas laterais e sentamos nas cadeiras centrais daquele corredor. Duas meninas se sentaram ao lado, na sequência, vindo do sentido oposto do auditório.

Como eu estava conversando com o Marião e elas olhando e dando sorrisinhos, puxei assunto.

Elas tinham achado "bonitinho" o nosso sotaque, então nos apresentamos. Continuamos conversando e, ao final do primeiro dia de aula, já tínhamos que formar grupos de quatro pessoas para o trabalho final do curso e fechamos um grupo entre nós.

Eram Noélia e Helda.

A Noélia era de família portuguesa, alta, com cabelos castanhos ondulados e com características típicas locais. A Helda era uma portuguesa com ascendência oriental, magra e não muito alta, que vivia em um apartamento grande, moderno e bonito em uma área bem valorizada da cidade. Foi onde nos reunimos para terminar o trabalho final em grupo do nosso curso.

O curso era de Marketing Estratégico, e o trabalho era sobre Análise de SWOT[16] de um produto que era um suco em lata com um pouquinho de gás, menos do que os refrigerantes tradicionais, com expressivo crescimento de vendas e participação de mercado, mas com um risco muito grande por conta da chegada de grandes concorrentes como a Nestlé, Coca-Cola e outras marcas multinacionais.

Concluímos o trabalho de forma relativamente rápida, pois cada um já tinha estudado o caso individualmente e feito anotações. Terminamos antes do almoço, ficando somente a apresentação, que era basicamente uma página, a ser finalizada. Comemos um lanche na casa da Helda e concluímos tudo: a parte escrita (que imprimimos em seu computador), a apresentação e quem iria apresentar qual parte. Enfim, tudo combinado e pronto.

Encerramos por volta das duas e pouco da tarde e acabamos ficando por lá a tarde toda, conversando. Eu e o Marião contamos algumas coisas sobre o Brasil, de nossas aventuras por Portugal, nossas histórias inúmeras das caronas que havíamos pegado, de nossa volta para o Brasil, das nossas origens, do desejo de ficar mais tempo, porém da dificuldade dessa decisão devido à falta de dinheiro para isso etc.

Na verdade, o Marião estava certo de que não ficaria para o segundo semestre, pois tinha algumas ideias na cabeça e queria começar algo novo no Brasil para ganhar dinheiro e ter seu próprio negócio. Mas eu queria muito ficar por mais tempo.

---

[16] SWOT: termo em inglês que utiliza as primeiras letras de cada palavra para dizer *Strengths* (Forças), *Weaknesses* (Fraquezas), *Opportunities* (Oportunidades) e *Threats* (Ameaças).

Como eu estava por lá, tinha dois desejos: ir para Espanha para estudar e aprender espanhol e ir para a Inglaterra para estudar e aprender inglês, mas, para fazer tudo isso, eu precisaria trabalhar antes para ter dinheiro para chegar a esses países e trabalhar durante minha permanência, para me manter, sendo que o idioma seria um dificultador para mim. O certo mesmo, nesse momento, era voltar para o Brasil para estudar o segundo semestre na USP em Ribeirão Preto.

Helda e Noélia ouviam todas aquelas histórias e faziam várias perguntas, muito interessadas em tudo aquilo.

Até que em um momento, Helda disse para mim:

— Acho que posso te ajudar!

Comentou, então, que o pai dela conhecia alguém relacionado a pesquisa de mercado e que estava recrutando pessoas. Ela fez umas ligações e conseguiu para mim, neste dia mesmo, um trabalho temporário em Braga, norte do país, com transporte, alimentação e hospedagem pagos para fazer pesquisa com os clientes da Portugal Telecom. A ideia era aplicar questionários nos clientes que estavam na fila das lojas da Portugal Telecom em Braga, enquanto esperavam atendimento com o objetivo de avaliar a satisfação com os serviços e produtos da empresa.

E isso já para o fim de semana seguinte, além de pagar uma boa grana.

O engraçado é que Noélia também embarcou nessa comigo. Na verdade, como eu não era cidadão português, legalmente eu nem poderia ser contratado para isso, mas acabei omitindo algumas informações no preenchimento do formulário e deu certo. Além de outros probleminhas para receber o pagamento, pois nem conta em banco eu tinha. Não foi feito dentro das leis portuguesas, mas houve uma forma.

Outra coisa interessante nessa história é que, quatro anos depois, já no Brasil, passei em um processo de seleção para *trainee*[17] em

[17] *Trainee* é um profissional recém-formado ou prestes a se formar que a empresa procura para treinar em determinadas áreas. No caso da Vivo, em 2002, havia um treinamento de dez meses com as melhores consultorias e palestrantes da época.

marketing na Vivo, em São Paulo. Os donos da empresa naquela época eram a Portugal Telecom e a Telefônica, e ambas as experiências, tanto a de ter feito esse trabalho para a Portugal Telecom em Braga quanto o intercâmbio em Marketing em Lisboa, me ajudaram a ser escolhido em um processo de mais de 600 candidatos por vaga, todos vindos das melhores universidades do país. Era um dos processos de seleção para *trainee* mais desejados e concorridos do Brasil pelo conteúdo de treinamentos e conhecimento de áreas da empresa, além do país estar vivenciando um grande *boom* de telecomunicações móveis nesse momento.

Nesse mesmo dia, na casa da Helda, seguindo nossa conversa de como estender minha permanência na Europa, a Noélia comentou sobre a possibilidade de ser monitor em uma colônia de férias para crianças. O Marião se interessou e foi atrás de mais informações.

Comecei a fazer conta!

Além de conseguir dinheiro, tinha que economizar mais, por isso passei a comer todos os dias no refeitório da faculdade, que era subsidiado pelo governo, o que dava uma boa economia.

Não podíamos usar a cozinha da dona Gracinda. Só tínhamos direito ao quarto e ao banheiro, mas ela disse que faria uma viagem de alguns dias para visitar parentes e vimos a possibilidade de cozinhar algo na casa dela por esse período.

Fomos ao supermercado e, na parte de frios, vimos que um senhor estava fatiando presunto, queijo e embutidos, e sempre sobrava a parte traseira da peça, então perguntamos:

— Senhor, o que vocês fazem com essa sobra?

Ele respondeu:

— Descartamos.

No mesmo momento, pedimos a ele se poderia nos vender por um preço mais barato. No fim, acabamos ganhando tudo de graça. Assim, banquete montado com "sobras", sem gastar nada, nos dias que a dona Gracinda esteve fora. Confesso que não ficou lá essas coisas, mas nos alimentou por uns dias praticamente sem custo. Depois de comermos, arrumávamos e limpávamos toda a cozinha para ela não perceber que tínhamos usado, sempre com aquele papagaio gritando sem parar.

Cortar o aluguel foi outra coisa que fizemos.

Assim que dona Gracinda voltou de sua viagem, avisamos nossa decisão de nos mudarmos e fomos morar de favor na casa do espanhol Óscar, que nos recebeu muito bem.

Aliás, depois de ficar uns dias com o Óscar, assim que ele se foi, nos mudamos outra vez, agora para a casa do dinamarquês Claus.

Esse era uma figura, sempre rindo, alto, loiro, branco. Aquele típico nórdico que fazia muito sucesso com as meninas da faculdade. Foi uma pessoa de quem me aproximei enquanto vivemos em Portugal. Ele só falava algumas frases em português e tinha optado por cursar somente aulas ministradas em inglês. Como eu estava aprendendo inglês, mas ainda no nível básico, nossa conversa era uma bagunça. O engraçado é que, no final, nos entendíamos muito bem e devo a ele o fato de perder a vergonha em tentar falar um novo idioma, mesmo que tudo errado e com pouco vocabulário, pois é dessa forma que aprendemos e evoluímos.

Ficamos algumas semanas na casa dele e, como o mundo dá voltas e cada um segue um rumo, fiquei 23 anos sem vê-lo, até que um dia nos encontramos para um almoço em Chicago, nos Estados Unidos. Eu já morando e trabalhando na região e ele a trabalho, em visita a uma feira médica, representando a empresa na qual trabalhava na Dinamarca. Um dia inesquecível para mim, pois fiz questão de agradecê-lo por toda ajuda que me deu em um momento tão importante.

Àquela altura da viagem em Portugal, eu estava contando moedas.

O desejo de ficar era tanto que até exagerei na dose e acabei fazendo outra coisa da qual não me orgulho muito, que foi parar de pagar para andar de metrô.

O metrô de Lisboa não tinha catraca e nós tínhamos que pegá-lo todos os dias para ir à faculdade, que não ficava tão perto, além de andar um bom pedaço a pé. No metrô, havia fiscais que esporadicamente apareciam, e o risco de ser pego existia. Eu fingia que validava o ticket na entrada da estação, pois havia câmeras por todos os lados, e entrava sem validá-lo, podendo utilizá-lo em outro momento. A partir da entrada, era ficar atento e de olho por todos os lados para ver se tinha algum fiscal. Essa validação era feita colocando o ticket dentro de um totem e retirando, de forma rápida, na entrada da estação. Como se fosse um carimbo eletrônico da data e horário, e a máquina fazia um pequeno picote no ticket.

Até que um dia, dentro do vagão, no meio do caminho, já tendo feito isso muitas vezes, apitou aquele barulhinho que sinalizava o fechamento das portas do vagão para seguir viagem, então dois fiscais, um em cada porta, entraram e começaram a conferir os tickets validados de cada passageiro. Eu e o Marião estávamos com dois tickets no bolso, porém limpinhos e sem carimbo de validação. Olhamos um para o outro com aquela sensação de que seríamos pegos.

Depois que eles percorreram quase todo o vagão, passageiro por passageiro, um fiscal chegou até nós e pediu os tickets.

Começamos a fingir e procurar nos bolsos com a esperança de ganhar tempo e que algo aconteceria para nos ajudar, mas, é lógico, não achamos nada. Não adiantaria mostrar o ticket em branco. Ele precisava estar validado.

Dissemos que não estávamos encontrando, mas que ele poderia ver na câmera de segurança na estação tal, na hora tal, que nós tínhamos passado no totem na entrada da estação e validado nossos tickets, mas, como não éramos locais, jogamos fora, pois não sabíamos que tínhamos que guardar.

É claro que aquilo não funcionou.

O fiscal pediu para descermos do vagão na estação seguinte, e, neste momento, todos ao redor estavam olhando para nós. Senti muita vergonha, ainda mais pelo fato de sermos estrangeiros e por estarmos fazendo coisa errada em um país onde a grande maioria respeitava as leis e regras sem pensar em dar um jeitinho ou levar vantagem em alguma coisa.

Para nós, veio a consequência de ter burlado as regras.

O fiscal pediu nossos documentos. Nós dois estávamos com os passaportes nas mochilas e entregamos para o fiscal, que aparentava estar um pouco nervoso, pois suas mãos tremiam.

Logo que entregamos os passaportes, o Marião teve um momento de tensão e falou de forma agressiva:

— O que você vai fazer com meu passaporte?

O medo dele era de o fiscal não o devolver ou algo do tipo.

O fiscal olhou para a cara dele e, sem responder, pegou um bloquinho e começou a preencher.

O Marião mais uma vez disse:

— Devolve meu passaporte!

Em seguida, tentou, de forma rápida e agressiva, puxar o passaporte da mão do fiscal, que o segurou com força.

— Não faça mais isso, senão eu chamo a polícia — alertou.

Fiquei bastante preocupado. Estava empolgado com a ideia de ficar mais um tempo na Europa e aquilo, de alguma forma, poderia me atrapalhar.

Ele terminou de preencher o bloquinho e nos devolveu os passaportes e duas multas de 5.500 escudos portugueses[18] cada, aproximadamente 50 dólares, corrigindo e trazendo para valores atuais.

Impossível pagar aquela multa na situação em que estávamos. O Marião já prestes a voltar e eu pensando em ficar.

O fiscal nos liberou e pensamos qual seria a consequência de não pagar e o que poderíamos fazer para evitar qualquer problema. A decisão foi não pagar e escrever uma carta a mão para o metrô dizendo que tudo foi um engano, que não somos do país e não sabíamos que era para guardar o ticket validado, que pagamos e eles poderiam confirmar isso olhando checando as câmeras. A mesma conversinha que tentamos com o fiscal, mas na esperança de conseguir algum perdão daquela dívida.

---

[18] A moeda portuguesa na época era o escudo e 5.500 escudos em 1997 era equivalente a 30 euros ou 35 dólares, que trazendo aos valores atuais, em janeiro de 2024 valeria 70 dólares ou 350 reais.

Até o último dia em que ficamos em Lisboa, não tínhamos recebido nenhuma resposta do metrô, pois checamos isso no endereço da casa da dona Gracinda um dia antes de sair do país.

Aquilo me preocupou durante todo o tempo e, depois desse meu intercâmbio, infelizmente nunca mais voltei a visitar Portugal, mas confesso que, mais de 20 anos depois, ainda penso que algum dia eles podem me barrar na entrada de alguma visita ao país, me cobrando essa dívida com multa, juros e correção monetária. É evidente que não vai acontecer e que a multa já deve ter sido prescrita, mas é um sentimento que levo comigo por um dia ter feito coisa errada.

O dinheiro do trabalho em Braga e a economia em alimentação, transporte e aluguel estavam me empolgando a ficar. E ainda recebi uma notícia boa que me animou mais: o Marião tinha conseguido nossa inscrição na colônia de férias para cuidar de crianças e eles pagavam muito bem, pois era um trabalho de duas semanas, de 24 horas por dia, incluindo fim de semana, com transporte e alimentação incluídos.

Nesse exato segundo, tomei a decisão que diria ser uma das mais importantes da vida: decido ficar. Faltava pensar nos detalhes.

Logo que tomei a decisão, liguei para a companhia aérea e consegui mudar sem custos minha passagem, que estava marcada para julho, para quatro de dezembro do mesmo ano, e escrevi uma carta para meus pais.

Minhas cartas eram escritas em folhas de papel de seda, pois eram mais leves e saía mais barato do que se eu escrevesse em uma folha normal, que pesava mais. O resultado disso era uma economia por carta suficiente para pagar uma refeição no refeitório da universidade. Ou seja, esses pequenos detalhes sempre foram me ajudando ao longo da jornada.

Duas pessoas próximas já tinham e-mails na época e eu conseguia enviar mensagens dos computadores da universidade para eles. Uma era meu irmão que tinha a escolinha de informática. Eu escrevia para ele e pedia para contar as coisas para meus pais, pois as cartas demoravam aproximadamente um mês para chegar. A segunda pessoa era um amigo da faculdade no Brasil, o Vander, que era um amigo tecnológico na época e me atualizava de todas as coisas que aconteciam, principalmente relacionadas aos meus amigos, festas, namoros etc., o que nessa época para mim era mais importante do que qualquer outra coisa. Vander também me ajudou muito na questão da rematrícula após minha decisão de ficar mais tempo na Europa, pois eu tinha deixado tudo assinado que voltaria em julho para cursar o segundo semestre, e teria que mudar isso para janeiro do ano seguinte, já que as matrículas eram semestrais. Graças à tecnologia e principalmente ao Vander, foi possível ajustar tudo.

O Vander não tinha nenhuma procuração ou meios legais para me ajudar, mas depois de muito esforço e luta, além de um jeitinho dado na secretaria da faculdade, ele conseguiu deixar tudo pronto para minha volta. Ele fez todo esse processo depois que mandei uma única mensagem dizendo que ficaria mais tempo e para ele me ajudar com minha rematrícula. Como já tinha acabado meu intercâmbio e feito todas as provas, não iria voltar mais à faculdade em Lisboa e não teria mais acesso aos e-mails, e ele resolveu tudo para mim como se fosse para ele. Só depois fiquei sabendo o quão difícil foi todo esse processo. Devo isso a ele até hoje.

Quem tem bons amigos e bons contatos consegue muitas coisas. Me lembro de um outro amigo de infância que um dia me disse que usando as palavras “por favor”, “foi minha culpa”, “me desculpe” e “muito obrigado”, conseguimos mais coisa do que imaginamos.

Quando nos reencontramos, ele me deu de presente um livro com todos os e-mails que trocamos ao longo desse período, impressos e encadernados. Uma coisa impensável imprimir e-mails atualmente, mas guardo esse presente até hoje, com muito carinho.

Com todos avisados no Brasil, provas concluídas em Portugal, despedidas emocionadas de amigos em Lisboa e dinheiro suficiente no bolso para algumas semanas até me instalar na Espanha, eu estava pronto. Olhando para trás, talvez eu tenha feito algumas coisas não tão corretas, ou como meus pais me ensinaram, ou como a sociedade deseja, mas o que é certo ou errado?

Ninguém precisar ser filósofo para tomar decisões e emitir julgamentos morais no cotidiano. Isso é uma questão do dia a dia de cada indivíduo e esse dilema moral sempre vai existir.

Por tudo que passei nessa viagem e em minha vida, concluo que o certo é fazer com que suas decisões não causem impacto negativo para ninguém, tendo em mente a questão da reciprocidade e de assumir as consequências caso faça algo de errado. Mas isso deve ser uma reflexão de cada um.

A minha última experiência em Portugal foi na colônia de férias na Tocha, norte do país, local em que fiquei cuidando de crianças entre sete e 13 anos de idade nas férias escolares, mas a minha turminha era a mais nova de todas, de sete a oito anos, e logo na chegada entendi o porquê de pagar tão bem para os monitores, pois, ao ver o lugar e os carrões que estavam chegando para deixar as crianças, já tinha dado para perceber que era para famílias de classe alta.

Uma experiência muito diferente e bacana, sem contar o lugar, que ficava afastado da cidade com mata, piscina, praia, campo de futebol e as construções como refeitórios, dormitórios, teatro e alguns outros edifícios meio abandonados que sempre arrumávamos e limpávamos para festinhas, competições, apresentações, caças ao tesouro e coisas do tipo para as crianças.

A agenda era ocupada o dia inteiro e o mais divertido eram as noites assombradas. O lugar era um campo desativado de tratamento de doenças consideradas contagiosas na época e alguns prédios não tinham sido reformados. Eram nesses que as noites assombradas aconteciam.

Foi divertido animar e cuidar da criançada, mas era muito trabalho e responsabilidade, pois além de ficar responsável pela segurança das crianças, à noite, quando todas já estavam dormindo, tínhamos que reunir os dez monitores para planejar a agenda do dia seguinte. Ou seja, dormíamos muito pouco e tínhamos muito trabalho, porém era diversão garantida a todo momento.

Meu apelido era Guaraná, pois eu tomava pó de guaraná com mel, que havia trazido do Brasil, para aguentar ficar acordado durante o dia e com energia para brincar com as crianças.

No último dia, os pais foram buscá-las e nos despedimos.

Já tinha me emocionado quando me despedi dos amigos em Lisboa e agora novamente, pois convivemos intensamente por 15 dias juntos, e minha jornada naquele país estava acabando.

Naquele momento, já tinha um carinho enorme por Portugal e pelos portugueses que me acolheram incrivelmente bem e que me fizeram sentir em casa, exceto no primeiro dia com aquele taxista na minha chegada, mas isso foi apenas um detalhe.

Quando saí do Brasil, achava que ia para lá estudar, aprender, curtir e voltar para meu país, minha casa, meus amigos e minha família. No entanto, por tudo que eu vivi nesses poucos meses, estava certo de que queria continuar, pois as experiências tinham me dado base e confiança para seguir, apesar de toda a saudade.

O primeiro lugar que escolhi visitar, junto com o Marião, antes de seguir meus planos de estudar na Espanha e Inglaterra, foi bastante inusitado: a África, em uma passagem rápida, viajando de carona!

"Eu não sei para onde estou indo, mas estou no caminho."

Carl Sandburg

CAPÍTULO 4

RUMO A TERRAS DESCONHECIDAS

Se há alguns meses eu nunca havia imaginado estar na Europa, o que diria da África?

Sim, Marião e eu decidimos conhecer e dar uma passada rápida pelo continente, mais precisamente, por Marrocos.

Saímos de Lisboa rumo a terras desconhecidas. Passamos por Setúbal e Beja em Portugal e entramos na Espanha por Rosal de la Frontera.

Para quem só conhecia o Brasil e Portugal (com o português como língua oficial), a Espanha já era algo que impressionava, não só pelo idioma, mas pela cultura, fisionomia das pessoas, modo de ser, arquitetura etc. Era só cruzar uma linha imaginária que tudo mudava. Se foi assim em dois países europeus, já podíamos imaginar o que seria entrar em um país árabe.

Seguimos com nossas caronas passando por Sevilha e Cádiz até chegar em Algeciras, cidade portuária no estreito de Gibraltar, onde é feita a ligação com a África de navio.

Já era quase meia-noite quando fomos ver pensões e albergues para passar a noite. Aquela cidade portuária não parecia nada segura.

Perguntamos os preços em alguns lugares e estavam acima do que pensávamos em gastar, então resolvemos passar a noite na rua mesmo. Aquele dinheiro que pagaríamos para dormir poderia significar dias a menos em nossa viagem. Saímos andando pela cidade, próximo ao

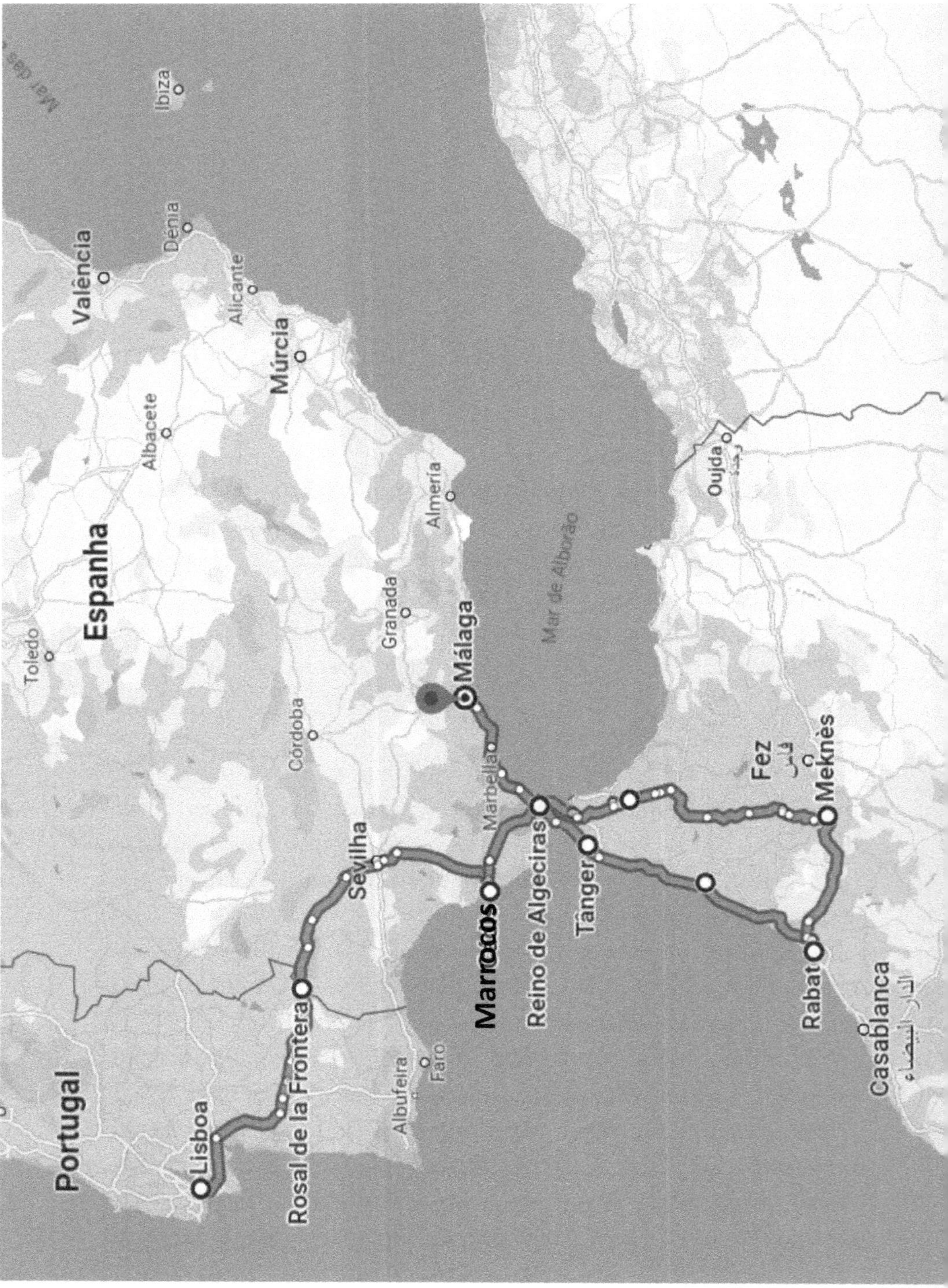

Saída de Lisboa, Portugal, cruzando o Estreito de Gibraltar até Tanger, Marrocos, na África, fazendo a volta no país e retornando para Europa, em Málaga, Espanha

porto, e chegamos a perguntar para um guarda se havia algum problema dormimos naquele gramado com nossas barracas. Ele disse que não tinha problema, mas que não aconselhava e não se responsabilizaria pelo que poderia acontecer.

Aquilo nos deixou um pouco preocupados e com receio, então fomos procurar outro lugar para dormir. Até que, passando por algumas esquinas e construções ainda perto do porto, encontramos um lugar com vários papelões amontoados no chão. Já estava tarde e o lugar, que era um pouco recuado da rua e escondido, parecia seguro, e arriscamos passar a noite ali mesmo.

No meio da madrugada, um carro manobrou na nossa frente e, nos avistando, apontou os faróis em nossa direção. Se fossem policiais ou guardas, não teria problema algum, pois explicaríamos que estávamos esperando o navio para o Marrocos e o máximo que poderia acontecer é pedirem para sairmos. Porém, havia a possibilidade de não serem guardas e tampouco policiais, e isso nos deixou com bastante medo.

Ficaram por alguns minutos com os faróis em nossa direção, atrapalhando nossa visão. Escutamos algumas conversas e eles mantiveram o farol alto direcionado para nós por mais algum tempo. Decidimos não nos mexer e esperar. Até que algum tempo depois, que para nós foi uma eternidade, manobraram o carro novamente e foram embora.

Voltamos a dormir.

Acordamos com o nascer do sol já perto da hora do navio sair para continuarmos nossa viagem. Só então, depois de amanhecer, percebemos que estávamos dormindo em um lugar onde já havia dormido alguém, ou seja, invadimos a "casa" de algum morador em situação de rua sem sabermos, devido à escuridão. Alguns pertences pessoais confirmavam que tivemos sorte de o dono daquela "casa" não chegar no meio da noite para ver quem eram os intrusos no seu espaço.

Saímos rápido do local para não termos problemas e fomos pegar o navio para o Marrocos depois de mais uma noite até que não tão ruim, porém arriscada.

Atravessamos o Estreito de Gibraltar e chegamos ao porto de Tanger, no Marrocos. Na descida do navio, várias pessoas nos cercaram dizendo ser guias e que, se não contratássemos o serviço, a entrada em Marrocos seria um inferno. Uma verdadeira confusão e uma pressão gigantesca, quase que uma imposição para os contratar. Falavam em vários idiomas e apontavam para a cidade de Tanger no meio de muito empurra-empurra. Um deles olhou para mim e disse com um forte sotaque árabe:

— *This is not Europe, my friend. This is Africa!*[19]

Para quem tinha arriscado dormir onde dormimos na noite anterior, nada seria muito difícil. Pelo menos, era o que achávamos naquele momento. Na realidade, estávamos nos expondo e nos arriscando cada vez mais sem perceber o risco de acontecer algo de ruim para nós.

Seguimos andando sem contratar ninguém, atitude que não agradou nem um pouco os guias que estavam à nossa volta.

Havia uma casa de câmbio exatamente na saída do porto, na calçada. Paramos para perguntar o valor de troca . Dois homens pararam atrás de nós e ficaram nos olhando. Ficamos com receio de trocar dinheiro naquela situação e seguimos andando com os dois homens atrás de nós. Quando apressávamos o passo, eles corriam; se íamos devagar, eles faziam o mesmo.

Naquele momento já tinha ficado óbvio que estavam nos seguindo e nem tentavam disfarçar.

Já estávamos a uns 50 metros da porta de saída do porto quando vi que entraríamos em uma rua com muro dos dois lados, com uma leve curva que impossibilitava ver como era mais adiante. Além de não termos nenhum mapa da cidade, só estávamos tentando seguir o fluxo que, naquele momento, já tinha ido embora.

Com muito medo e achando que algo de errado estava prestes a acontecer, vimos um guarda e decidimos comunicar que os homens estavam nos seguindo. A resposta do guarda foi a pior que poderíamos escutar:

— Não aconteceu nada até agora, então eu não posso fazer nada por vocês!

---

[19] Isto não é Europa, meu amigo. Isto é África!

Foi nesse momento, enquanto experimentávamos um sentimento de inconformismo e medo, que um dos guias que havia nos abordado no porto passou ao nosso lado e disse em *portunhol*:

— Última oferta, última oferta! Se vocês querem um guia, faço pela metade do preço! – E estendeu a mão para fecharmos negócio.

Apertei a mão dele e fechei negócio. O Marião relutou e disse que não queria. O guia, percebendo que havia certa resistência de um de nós, nos pressionou a entrar em um táxi estacionado próximo dali.

No Marrocos, táxis são muito baratos. O valor é negociado antes da corrida e, como exemplo, paga-se menos do que um transporte público urbano no Brasil. Fechamos com o guia algo em torno de 130 dirhans marroquinos (aproximadamente 15 dólares na época) para ficar o dia todo conosco.

O táxi saía comigo e com o Marião no banco de trás e o guia no banco do carona. De repente, um dos homens que estavam nos seguindo bloqueou o caminho e, aos berros, no meio da rua, começou a bater boca em árabe com o guia, que desceu bruscamente do carro.

O homem gritava com o guia e apontava para nós dois dentro do táxi, fazendo alguns gestos, beijando a ponta dos dedos, aparentemente sinalizando que seria fácil nos roubar e o guia teria atrapalhado tudo.

Ao término da discussão, o guia voltou pálido e pediu para que o motorista acelerasse e seguisse em frente. Então, virando-se para nós, disse:

— Vocês me complicaram. Eles iam roubar vocês. Comigo, eles não podem fazer nada, porque sou guia. Por que não me contrataram dentro do porto? — No porto, o valor era 30 dólares, e isso para nós era muito dinheiro.

Nos livramos de dois assaltantes e praticamente ficamos com o outro. Notamos que ele era um guia nada convencional, daqueles que acompanha apenas para tirar dinheiro do turista. Coisa que não tínhamos, e ele foi ficando ainda mais estressado quando notou isso.

Ele nos levou a um banco para trocar nosso dinheiro e ficou atrás dizendo:

— É muito pouco! Troca mais dinheiro. Mais dinheiro!

E depois nos levou a um restaurante, loja de especiarias, lojas de tapetes, entre outras lojas de arte local.

Na loja de tapetes, ficamos por muito tempo, pois há todo um ritual nesse tipo de venda. Os vendedores oferecem um chá — que o Marião se recusou a tomar, pois disse que poderia ter sonífero —, fazem perguntas de como é sua casa e sua decoração e começam a desenrolar tapetes, um atrás do outro.

O engraçado foi a cara deles quando falamos que, no Brasil, morávamos em uma casa que dividíamos com outros estudantes e que os móveis eram ganhados ou comprados em brechó ou lojas de móveis usados.

Mas eles não desistiam e não paravam de desenrolar tapetes, explicando cada detalhe. A pior coisa que fizemos, depois de já um tempão dentro da loja, foi perguntar o preço, pois é nesse momento que eles abrem negociação e te dão todos os argumentos para você levar o tapete. Abaixo vou descrever alguns exemplos dessa conversa:

— Quanto custa?

— Custa "X".

— Mas é muito caro!

— Mas quanto você quer pagar?

— Eu não tenho dinheiro para comprar esse tapete.

— Então leva esse menor!

— Mas acabamos de chegar. Não temos como ficar carregando isso.

— Eu envio para o Brasil.

— Mesmo assim, é um tapete muito caro para onde eu moro.

— Mas ele é um bom presente para os seus pais.

E assim, essa conversa foi seguindo, e seguindo, e seguindo...

O guia já tinha perdido a paciência conosco, pois não conseguia vender nada, então, nos levou a uma lojinha de souvenirs, falou alto e grosso:

— Agora vocês terão que comprar. Essa é a última loja. Terão que comprar!

Estávamos assustados com a situação e comentei com o Marião que compraria alguma coisa pequena. Vi um souvenir de cerca de 3 dólares e disse que tinha gostado daquele e pensava em levar. Continuei vendo outros, mas resolvi levar aquele primeiro, uma espada árabe típica da região, em miniatura.

Quando voltei para pegá-la, a etiqueta do preço não estava mais lá e o guia dizia, já sem paciência:

— Gostou deste?! Vai levar? Custa 10 dólares. Pode comprar, pode comprar!

Ficamos o dia todo andando no centro de Tanger, mas nada de pontos turísticos. O guia só nos levava em lojas para tentar vender as coisas e ter sua comissão de venda.

No final, ele nos levou até a estação de trem que ia até Rabat (capital do país) e cobrou novamente de forma bruta os 15 dólares que devíamos pelo "passeio guiado" daquela tarde. Dei um pouco em moeda e notas, o Marião deu a outra metade, e o guia dizia:

— Mais! Tá faltando, vai logo que o trem vai sair. Mais dinheiro!

Não faltava nada e acabamos, naquela pressão, dando mais dinheiro do que o que havíamos combinado.

Entramos no trem com cara de assustados e com nossas passagens, que já estavam compradas com o destino de ir mais para o interior daquele país.

O Marião, com os olhos arregalados, disse para mim:

— Acho que foi um erro virmos até aqui!

E o trem seguiu até Rabat.

A ideia de andarmos de carona por Marrocos tinha sido completamente descartada naquele momento. Nossa sorte era que o custo de vida era bem baixo e era possível nos arranjarmos de outras formas.

Em uma das paradas, entraram mais duas pessoas em nossa cabine. Uma senhora e um senhor, que depois disse ser oficial do exército marroquino. Porém, à paisana.

Como ele entendia um pouco de espanhol, tentamos nos comunicar ao longo da viagem, que levou cerca de cinco horas.

Chegando à estação de trem de Rabat, o oficial ofereceu ajuda para acharmos o albergue daquela cidade, pois já era tarde da noite. Tínhamos anotado o endereço e telefone do albergue indicado por um amigo em Portugal.

Tentamos explicar o que era um albergue para ele, mas parecia que ele não havia entendido muito bem, então chegamos à estação de trem, e ele ligou de um telefone público para o número que tínhamos anotado. Conversou um pouco com a pessoa, voltou-se para nós e disse:

— Este número está errado. Não é um hotel.

E ele se propôs a nos levar a um hotel bom e barato. Caminhamos por ruas escuras de Rabat. O local não aparentava segurança e tudo era muito estranho, mas estávamos com uma pessoa que dizia ser do exército, e isso nos confortava um pouco.

Até que chegamos a um hotel — se é que podemos chamar aquilo de hotel — que ficava em um beco cheio de lixo e cuja diária era de três dólares.

Nem chegamos a entrar no quarto e achamos melhor procurar outro.

O próximo que encontramos até tinha um computador na recepção. A diária custava pouco mais de cinco dólares.

Agradecemos a ajuda daquele homem, nos despedimos e subimos para o quarto.

Era pequeno, com duas camas de solteiro e cobertores cheios de cabelos dos hóspedes anteriores. No banheiro não havia azulejos e a parede estava coberta de marcas de batom. Quando abri o chuveiro, o único lugar que não caía água era na vertical. Os buracos do chuveiro estavam todos enferrujados e a água, fria, se espalhava por todos os lados.

Devido ao horário, acabamos ficando, mas dormimos em nossos sacos de dormir. Longe dos cabelos dos cobertores.

Na manhã seguinte, saímos à procura do albergue no endereço que tínhamos anotado e achamos. Um lugar simples, porém limpo e com jovens de diversas partes do mundo. Bem legal. Praticamente o mesmo preço do hotel que passamos a noite anterior, mas com beliches e quartos comunitários.

Fazendo o cadastro, o senhor da recepção disse:

— Vocês são os dois brasileiros que estavam com um marroquino ontem à noite na estação de trem? Ele me ligou aqui dizendo de onde vocês estavam vindo e que vocês queriam um hotel para ficar. Falei que aqui era um albergue, ele agradeceu e desligou.

Realmente o homem do trem não havia entendido o que era um albergue. Me lembro que, durante a viagem, falamos que éramos do Brasil e ele não sabia onde era. Desenhamos em um pedaço de papel mais ou menos o mapa-múndi, pintamos de caneta o Brasil e o Marrocos e entregamos a ele. O desenho não estava muito profissional, mas dava para se ter uma ideia de onde estava o Brasil, a América, a África, o Marrocos etc. Quando ele pegou o papel na mão, virado de ponta cabeça, olhou com aquela cara de interrogação e disse:

— Ah...

Ou seja, não tinha entendido onde era o Brasil e nem o que era um albergue.

Saímos para conhecer a cidade e paramos para almoçar em um lugar parecido com um Mercadão Central, ao ar livre, com lonas cobrindo uma área e cadeiras e mesas espalhadas pela rua. O cheiro de comida e tempero estava por todo o lado. Fazia calor.

Pedimos um frango assado e, quando chegou à mesa, no mesmo instante, um senhor com barba branca e longa, com um sobretudo roxo e um gorro todo sujo, parou a cerca de dois metros de distância e ficou em pé, olhando fixamente para o nosso frango.

Ele ficou nessa posição, encarando nossa comida sem se mexer. Creio que a fome dele era pior do que a nossa, então ficou lá parado até eu colocar na boca o último pedacinho de frango do prato. Então, se virou e foi embora. Aquilo me fez sentir um pouco mal.

Depois do almoço, saímos para conhecer um local típico de um país árabe e não tão comum no Brasil: uma mesquita.

Chegamos até a Mesquita Central de Rabat. Da porta, vimos o comportamento das pessoas que entravam: tiravam os sapatos e colocavam em um canto onde se encontravam outros pares.

Fizemos o mesmo. Tiramos nossos tênis e entramos.

Um local muito bonito e diferente, com pessoas diferentes orando para seu Deus.

Muita paz, beleza e um silêncio que contrastava com o caos da cidade. Além daquelas pessoas ajoelhadas com a testa no chão, orando, com vestimentas árabes e barbas longas, me chamou a atenção que só havia homens lá dentro.

Não pensei duas vezes, tirei a máquina do meu bolso e me posicionei para tirar uma foto.

Flash!

Do outro lado da mesquita, um senhor que orava se levantou aos berros e saiu correndo em nossa direção. Aqueles gritos ecoavam dentro da mesquita. Levamos um susto e, sob os olhares de todos, corremos rumo à saída. Pegamos nossos tênis e continuamos correndo do lado de fora, já na rua. Não entendi o que estava acontecendo. Nesse momento, já havia cerca de dez árabes correndo atrás de nós e gritando. Gritavam palavras árabes que não fazíamos ideia do que significavam, mas eram pronunciadas de uma forma bem agressiva e hostil.

Com uma máquina fotográfica na mão, meus tênis na outra e meias nos pés, corri como nunca, sem olhar para trás, com o Marião ao meu lado. Só demos uma pequena parada um tempo depois para colocar nossos tênis e continuar a correr.

Que susto! Eles poderiam estar gritando tanta coisa que é melhor nem imaginar, pois estavam furiosos conosco. Não posso afirmar com toda a certeza, mas provavelmente não era permitido fotos dentro daquela mesquita.

Um dia e meio se passou e já tínhamos nos aventurado o suficiente no país.

Foi um tremendo choque cultural. Naquele momento, já havíamos descartado duas coisas: viajar de carona e dormir em barracas na rua.

Assim, aproveitamos para fazer um pouco mais de turismo pela cidade.

Fomos conhecendo vários lugares interessantes e vendo um pouco mais das particularidades daquele país, como a adoração ou o respeito do povo ao seu rei, a religião muçulmana e suas diferenças na comparação com o cristianismo (uma prova disso é que todo o comércio fecha as portas ao meio-dia para dar lugar ao som dos alto-falantes com a chamada para a oração), as vestimentas dos homens e das mulheres, a abundância de comércio de rua e o aroma de tempero e condimentos por toda a cidade.

Uma coisa que nos incomodou um pouco foi que, por sermos evidentemente turistas, abordagens e ofertas de ajuda vinham a *todo* momento. No entanto, não sabíamos ao certo qual era a verdadeira intenção dessas pessoas com elas.

Vivenciar o lugar, não como um turista habitual, mas como um que entra no dia a dia do país, faz com que nossa mente se abra e, assim, começamos a respeitar ainda mais cada cultura e entender que todos são diferentes com suas crenças e valores, e não existe certo ou errado.

No final do dia, estávamos visitando o Mausoléu de Mohammed V, onde há os túmulos do rei marroquino da década de 1950 e 1960 e de seus dois filhos. Lá, havia dois turistas juntos tirando fotos do local, um coreano e um brasileiro, que fez uma brincadeira conosco quando nos escutou conversando em português.

Era o Diego, um mineiro baixinho que tinha abandonado o Brasil para tentar a vida na Europa depois de formado. O interessante é que ele tinha planos semelhantes aos meus. Estava morando e trabalhando em Málaga, na Espanha, e com planos para ir para Londres, também para trabalhar e estudar.

Eles também estavam no mesmo albergue que a gente e, no dia seguinte, seguimos viagem juntos para conhecer mais uma cidade no Marrocos, Meknes.

Em um grupo de quatro pessoas, nenhuma ocorrência grave aconteceu conosco. Aprendemos durante o período inicial que tínhamos que ter bastante cuidado com as coisas que fazíamos e, no final, correu tudo bem.

Uma rápida e emocionante passagem pela África árabe, cheia de sustos, medos, surpresas, descobertas e aprendizados.

Seguimos de volta para Tanger e pegamos o navio para o sul da Espanha, rumo a Málaga, para uma parada na casa do Diego.

"A verdadeira viagem de descobrimento não consiste em procurar novas paisagens, mas em ter novos olhos."

Marcel Proust

CAPÍTULO 5

ESPANHA, FESTAS E TRADIÇÕES

Estávamos novamente na Espanha e meu objetivo era conhecer o país, visitar Javier e Óscar, dois amigos que conheci em Lisboa, e permanecer por um tempo trabalhando e estudando espanhol.

Marião foi direto de ônibus para Saragoça, quase divisa com a França, encontrar Óscar, e eu fui a Madri, no centro do país, encontrar Javier.

As caronas que peguei, saindo de Málaga, acabaram me fazendo dar uma pequena volta, passando por Sevilha e Mérida antes de chegar a Madri.

Notei que era mais difícil pegar carona na Espanha e já era final do mês de junho, verão europeu, com temperatura acima dos 30° C. Quando estava em Mérida, tentando carona para Madri, fiquei cinco horas debaixo de um sol muito forte, sem boné ou qualquer proteção, até conseguir uma carona para andar um pouco mais de três quilômetros.

Na situação em que me encontrava, não podia escolher muito. Pedi à senhora que estava dirigindo que me deixasse em um posto de gasolina, onde teria mais chances de conseguir uma carona longa. Já era final de tarde e a noite começava a chegar.

Imaginei que ficaria ali por outras longas horas, pois minhas referências sobre caronas na Espanha não eram muito boas. Já estava até

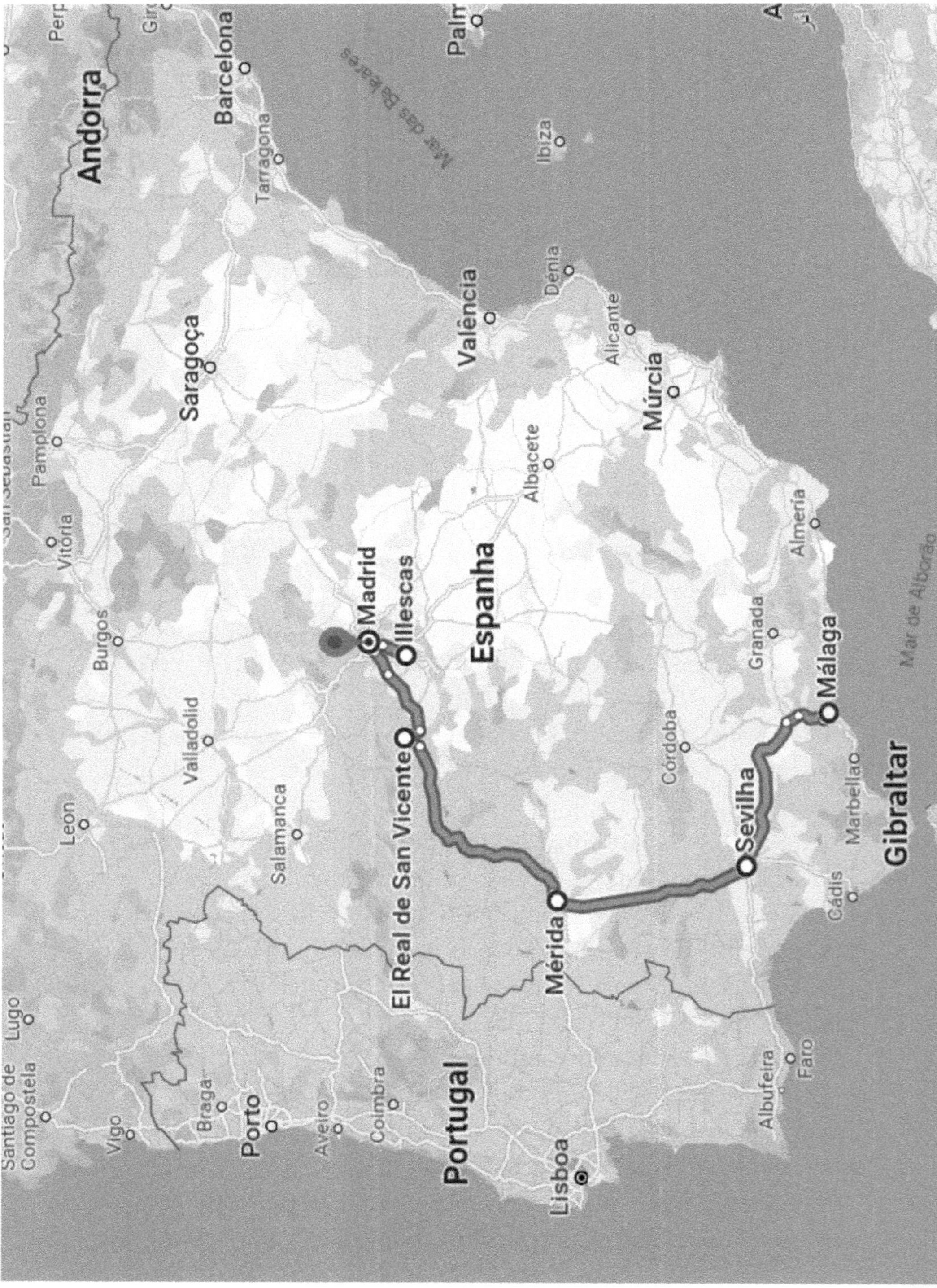

Roteiro da Espanha, de Málaga a Madri

planejando onde estenderia minha barraca para passar a noite. Porém, se tivesse sorte, encontraria alguém rumo a Madri e poderia dormir em uma cama limpa e protegida na casa de Javier, que estava me esperando.

Decidi mudar de estratégia. Ao invés de ir até a estrada e pedir carona com o dedo, perguntei diretamente para as pessoas que estavam abastecendo seus veículos se alguém seguiria rumo a Madri e se era possível me dar uma carona. Ou como se diz em Portugal, uma boleia. Na Espanha, seria correto dizer *auto-stop*.

Na primeira tentativa, já consegui uma carona, não para Madri, mas para um vilarejo bem pequeno que ficava no meio do caminho. Era um senhor já de idade chamado Benjamin, muito simpático e de fala pausada, com cabelos grisalhos e fisionomia tranquila. Quando perguntei se ele ia para Madri e se poderia me dar uma carona, ele me respondeu que não ia até lá, mas que mesmo assim me daria a carona e completou:

— Entre. Você me fará companhia. Faz muito tempo que estou dirigindo sozinho.

Estranhei no início, mas, como já fazia muito tempo que estava em busca de uma carona, não tinha muito a perder e resolvi aceitar, com um pouco de receio. O carro era uma Mercedes azul escura com bancos de couro branco e painel com detalhes em madeira. Cheirava a novo.

Às vezes, quando as coisas aparentam ser muito fáceis e boas, sempre há um pouco de desconfiança.

Conversamos durante toda a viagem com meu portunhol ruim. Ele, com toda a paciência, ouviu-me falar sobre minha vida, o que eu fazia, sobre minha família no Brasil etc. Até me dizer que faltava pouco para chegarmos à sua casa.

Saímos da estrada e pegamos algumas vicinais até chegar a uma casa simples no meio de um pequeno povoado do qual não me lembro do nome, mais próximo de Madri do que Mérida. Assim que paramos o carro, ele me disse para descer, entrar para tomar um banho e comer alguma coisa.

Eu seguia desconfiado, mas resolvi entrar. No mesmo instante, sua esposa abriu a porta para nos recepcionar, pois creio que ela tinha escutado o barulho do carro chegando, e a porta daquela casa antiga dava direto na calçada.

Depois de nos apresentarmos, entrei na casa e ele seguiu me mostrando todos os cômodos, com exceção de um, o banheiro, onde sua filha estava tomando banho.

A esposa era uma mulher aparentemente mais nova do que ele, com cabelo curto, e que também aparentava uma paz muito grande ao falar e agir, sempre com um sorriso leve no rosto. Em nenhum momento ela perguntou a Benjamin sobre quem eu era e o porquê de ele estar me convidando para entrar. Me lembro que, quando entrei, ele apenas disse para ela:

— Oi, *cariño*. Trouxe um amigo.

E ao entrar, ele seguiu dizendo:

— Deixe sua mochila neste quarto e pode tomar banho no banheiro dos fundos, enquanto vou preparar uma tortilha para jantarmos.

A tortilha é uma torta de ovos mexidos com batata feita na frigideira, típica comida espanhola. E a pequena casa estava tomada pelo cheiro delicioso de temperos e batatas assando.

Tomei um banho rápido, coloquei uma roupa limpa e fui para a cozinha. A mesa já estava pronta com o Sr. Benjamin me esperando sentado, enquanto sua esposa arrumava as louças da cozinha.

Sua filha chegou enquanto comíamos. Ela devia ter a mesma idade que eu, uns vinte e poucos anos de idade. Era linda e bastante meiga, com pele sem manchas e cabelo castanho-claro e liso. Fiquei bem sem jeito quando ela chegou.

Aquela família me surpreendeu. Tranquilidade, paz, harmonia e bondade. Eu estava ali fazia apenas alguns minutos e já me sentia abraçado por todos eles.

Voltamos a comer, e Benjamin disse à filha:

— Você poderia chamar suas amigas e convidar nosso amigo brasileiro para sair hoje à noite. O que acha?

Ao que ela respondeu:

— O senhor sabe que aqui no nosso vilarejo não tem nada para fazer à noite, mas se o senhor nos levar de carro para a cidade ao lado, ligo para elas agora.

Não me lembro de qual cidade era e tampouco do vilarejo onde estávamos, só me lembro de que ficava entre Mérida e Madri.

— Tudo bem, eu levo! Pode chamá-las – disse Benjamin.

E eu comendo minha tortilha sem entender nada o que se passava com toda aquela hospitalidade. Aquele senhor estava sendo como um pai para mim naquele momento e estava fazendo tudo para me agradar. Tínhamos nos conhecido há apenas algumas horas e já me tratava como se eu fosse da família.

Tão logo a filha de Benjamim se aprontou e combinou com as amigas, elas chegaram. Eram mais três amigas e fomos apertados, em seis, no carro do Benjamin. Elas eram mais ou menos todas da mesma idade, muito divertidas. Depois me disseram que eram amigas de infância, todas do mesmo vilarejo, e estavam muito empolgadas para saírem à noite no meio da semana em uma cidade mais movimentada do que aquela onde viviam.

Ele nos levou a uma discoteca na cidade ao lado. Dentro da boate, com música alta, eu não entendia nada do que as meninas falavam. Fazia apenas alguns dias que estava na Espanha e nunca tinha tido contato com a língua espanhola antes.

Dançamos, bebemos e nos divertimos muito até chegar a hora marcada. Acredito que eu tenha aproveitado muito menos do que eu imaginava e queria por conta do idioma. Fiquei meio travado, pois tudo era novo e diferente, porém acabou sendo um aprendizado para o que viria mais à frente, na França.

Pontualmente às duas da manhã, lá estava o Sr. Benjamim com aquela expressão de tranquilidade para nos levar de volta para casa.

Acordei no dia seguinte completamente sem jeito, depois de tudo o que aquele senhor havia feito para mim, e, para finalizar, após tomar o café que estava preparado na mesa me esperando, perguntei onde era o caminho de volta para a estrada, pois precisava pedir carona.

E ele me surpreendeu mais uma vez dizendo:

— Aqui nessa região é muito ruim para você pegar uma carona. Vou te levar na estrada que vai direto a Madri.

Rodamos por mais uns 30 quilômetros, e ele me deixou em outro posto de gasolina. E não foi só isso, pois logo depois de estacionar o carro, ele mesmo foi até o primeiro carro que estava abastecendo e falou com a pessoa sobre minha situação, que eu estava precisando de uma carona para Madri. Como meu espanhol era muito ruim, ele se encarregou disso também.

Em dois minutos, eu já tinha minha carona.

Na hora em que fui me despedir, não sabia como agradecer, mas tinha certeza de que ele também estava bastante feliz de ter ajudado outra pessoa que estava precisando, sem ter feito muito esforço para isso.

Finalmente, cheguei a Madri.

Não havia celular na época, mas Javier me esperava. Nesses encontros, dávamos mais ou menos uma ideia de quando chegaríamos, e sempre era possível parar em algum telefone público para ligar e avisar antes.

O Javier era baixinho e ruivo, já estava ficando calvo e usava cavanhaque.

Quando estávamos estudando em Lisboa, o Javier nem era aquela pessoa que considerávamos muito "da turma", apenas o encontrávamos na faculdade. No entanto, sempre me convidava para fazer alguma coisa em Portugal ou ir em encontros de amigos na casa dele. Javier era uma pessoa que gostava de conversar sobre assuntos mais complexos. Na época, estava surgindo no Brasil o Movimento dos Trabalhadores Rurais Sem Terra (MST) e a gente sempre discutia sobre qual era o problema original, as consequências, se era uma questão política ou ideológica, melhores alternativas para resolução do problema etc.

Depois de instalado em sua casa, saímos para conhecer a capital espanhola: Plaza Mayor, Palácio Real e a Antiga Casa Real, Monumento a Dom Quixote e Sancho Pança, a Estação Ferroviária e a famosa Praça de Touros, onde, ao assistir a uma tourada, fiquei chocado com a crueldade que acontece na arena e com o delírio das pessoas que estão na arquibancada.

À noite, visitei um vilarejo entre Madri e Toledo, do qual não consigo lembrar o nome. Javier tocou violão em um barzinho ao ar livre, no topo de uma montanha. Era um lugar muito legal. O céu estrelado e a temperatura de verão bem agradável fizeram aquele momento e lugar se tornarem incríveis. Um bar todo aberto, clima perfeito, noite estrelada, a montanha, Javier tocando violão, vários jovens ao redor bebendo, curtindo e conversando.

Na mesma noite, o Real Madrid de Roberto Carlos jogava contra o Barcelona, do recém-chegado e já ídolo Rivaldo. Os espanhóis chamavam de "o jogo do século". Infelizmente, assistir a um jogo desses ficaria para outra oportunidade, pois os preços dos ingressos eram assustadores. Acho que não conseguiria pagar nem para assistir no lugar mais barato do estádio. Fiz esse comentário sobre o jogo, pois Ronaldo tinha acabado de sair do Barcelona com um sucesso estrondoso, e os espanhóis falavam a todo momento de futebol e dos jogadores brasileiros. Romário também era citado várias vezes e, depois, esses times ainda tiveram Ronaldinho e Kaká defendendo suas cores, sendo quase todos esses eleitos os melhores jogadores do mundo quando jogavam por lá.

Uma estadia rápida, mas muito boa, porém já era hora de colocar o pé na estrada e seguir meu caminho.

No dia seguinte, me despedi de Javier e saí em direção a Saragoça para encontrar o Marião, que já estava por lá fazia alguns dias na casa do Óscar, um de meus quatro melhores amigos intercambistas de Lisboa.

Reencontrei Óscar e conheci sua família, que era fantástica. A mãe dele era aquela típica mãezona que coloca os filhos "debaixo da saia" para proteger contra os perigos da vida. Sabe aquela mãe que leva o filho até a porta da escola e arruma seu cabelo antes de entrar, deixando-o todo sem jeito na frente dos amigos? Essa era ela. Até hoje, 20 anos depois, ela pergunta sobre os brasileiros. Um dia desses,

Roteiro na Espanha, de Madri a Barcelona passando pelos Pirineus, na fronteira com a França

quando Óscar me ligou para conversarmos, ela pegou o telefone da mão dele, no meio da nossa conversa, para falar comigo e ver como eu estava.

Quando cheguei, o Marião já estava lá me esperando, pois tínhamos combinado de ir para Barcelona tentar algum trabalho juntos.

Além de dar um passeio rápido por Saragoça, conheci a família de Óscar, até mesmo primas e agregados, e, como era fim de semana, eles nos levaram até os Pirineus, que são montanhas rochosas gigantes, com neve no topo, que ficam na fronteira entre Espanha e França. Um lugar incrível com um visual de tirar o fôlego! Estava um dia lindo de sol e fizemos a trilha para chegar a três mil metros de altitude com uma linda vista, lagos e muita natureza.

Por coincidência, na noite que passamos lá, estava acontecendo um festival de verão, cuja atração principal seria Coração Tribal, uma banda de Pernambuco que estava fazendo muito sucesso na Espanha com uma mistura de maracatu e mangue *beat*. E a abertura foi feita por Djavan, tamanho sucesso que Coração Tribal fazia na Espanha naquela época, mas essa banda acabou não fazendo muito sucesso no Brasil e já não existe mais.

Durante o show, pulávamos como loucos, pois já estávamos há cerca de seis meses longe de casa e sentir o ritmo brasileiro nessa hora foi muito bom.

Depois desse fim de semana incrível, voltando para Saragoça com a família do Óscar, paramos em uma bifurcação da estrada e descemos para continuar de carona. A família dele foi para um lado, e nós fomos para outro. A ideia era ir para Barcelona arrumar emprego e estudar.

Rapidamente conseguimos uma boa e longa carona, que nos deixou em Tarragona, a uma hora de carro de Barcelona.

Outra boa surpresa, pois no dia seguinte a cidade estava se preparando para uma grande festa, a competição dos *castillos*, que no Brasil chamamos de pirâmides humanas. Um show à parte. Há competições entre grupos, como as escolas de samba e uma disputa de agremiações. A região para a fim de ver aquele espetáculo que dura a tarde toda.

Em uma praça histórica da cidade, rodeada de construções históricas, as pessoas vinham chegando até que o espaço fosse tomado de gente, enquanto as agremiações, com suas camisas de uma cor e calças brancas, iam se reunindo em pontos diferentes da praça. Havia um serviço de som para orientar a ordem das agremiações e tocar músicas tradicionais, o que completava o clima do lugar.

O espetáculo começou com a agremiação de cor verde, com as pessoas mais forte se posicionando para fazer uma base para suportar os demais que, aos poucos, escalavam a pirâmide, pisando nos ombros e cabeças de seus companheiros. Quando se iniciava um *castillo*, o silencio tomava conta da praça e, quando eu achava que já estava muito alto, com cinco ou seis níveis, crianças começavam a surgir no meio do grupo e, como macaquinhos, iam subindo e subindo até o topo. As pessoas comemoram como um gol e chegam até a chorar quando essas crianças, entre cinco e sete anos, chegam ao topo da pirâmide no meio da praça e soltam suas mãos, realizando o cumprimento.

Houve um grupo que conseguiu fazer oito níveis, chegando a uma altura aproximada de um prédio de três a quatro andares. Até as pessoas que estão assistindo ajudam a fazer a base no solo para começarem a subir. Nós também ajudamos a fazer uma.

Mas as quedas são inevitáveis.

Após a competição, acompanhamos uma equipe até seu "barracão", houve muita comemoração e muito champagne.

É uma festa incrível, com multidão na rua para assistir e torcer, e eu posso dizer que foi uma das coisas mais impressionantes que vi em minha vida.

A Espanha possui uma riqueza histórica e cultural que me deixou admirado, além de um povo alegre e hospitaleiro. Tirando as touradas, que não me agradaram muito por causa do sofrimento dos animais, se fosse para escolher um novo país para viver, ao invés do Brasil, certamente esse país seria a Espanha.

E ainda não tínhamos chegado no nosso destino planejado, para trabalhar e estudar, que era Barcelona. Ou seja, mais coisas boas poderiam acontecer nesse país. Ou não.

"Nenhum obstáculo será grande se a sua vontade de vencer for maior."

Autor desconhecido

CAPÍTULO 6

TUDO OU NADA

Chegamos em Barcelona.

Estávamos eu e Marião conhecendo essa cidade incrível, principalmente para dois jovens solteiros. Muita festa e muita alegria por toda parte. Porém, essa alegria tinha hora marcada para acabar.

Estávamos hospedados em uma espécie de pensão, que eu achava que era clandestina, mais barata do que o albergue, pois meu dinheiro estava acabando e, se não conseguisse algum trabalho, teria de voltar para o Brasil e desistir do sonho de conhecer novos lugares e culturas, de aprender espanhol e estudar inglês.

Barcelona tem um custo de vida muito alto e tentamos ver algumas oportunidades de emprego em restaurantes ou alguma coisa na praia, mas não encontramos nada. Não tinha como continuar por lá. Resolvemos, então, pegar uma carona de volta para Tarragona, a cidade dos *castillos*, onde o custo de vida era menor. Lá, buscamos alternativas de trabalho.

Ficamos no *camping* mais barato da cidade, perto de uma praia não muito boa e ao lado de uma linha de trem. Imagine o barulho. Nossas barracas chegavam a balançar quando o trem passava.

Até aí, tudo bem, pois não estávamos planejando ficar na barraca durante o dia. O pior momento que passamos, no entanto, foi na primeira noite. O trem passou muitas vezes. Com o barulho, era impossível dormir por muito tempo. Mas era o que conseguíamos pagar.

Depois de "bem" instalados, saímos para procurar emprego. Chegamos a entrar em uma agência oficial de empregos, tipo aquelas que contratam pessoas para descarregar caminhões de carga, trabalhar como pedreiro, ou limpar cochos de boi. Mas não deu certo. Tínhamos que ser da comunidade europeia, que estava sendo formada naquela época, para conseguir um emprego formal como esses via agência.

Saímos novamente andando pelas ruas e percebemos que, pelo fato das cidades na Europa serem muito antigas, muitas residências não possuíam garagem e os carros ficavam nas ruas o tempo todo. Ou seja, vimos aí uma oportunidade que parecia infalível: lavar carros!

Os carros estavam sempre sujos e empoeirados. A ideia tinha tudo para dar certo e nos ajudar a ganhar dinheiro.

Empolgados para colocar nosso plano em ação, entramos em um mercadinho, compramos um balde, uma vassoura de pelo, algumas estopas e uma caixa de sabão em pó. A ideia parecia ótima, o material de trabalho custou muito pouco e utilizaríamos água das próprias casas.

Com tudo em mãos, começamos a abordar as pessoas nas ruas e nas casas, sempre com nosso portunhol:

— *Queres lavar tu coche?! Una lavadita?! Limpiar tu coche?! Muy baratito?!*

Um, dois, dez, trinta tentativas, e nenhuma obteve sucesso.

Andamos muito debaixo de um sol de mais de 30 °C e não conseguimos nenhum cliente, muito pelo contrário, alguns até nos receberam com certa arrogância, dizendo para "sair fora", ou para não encostarmos em seus carros.

Ninguém sequer perguntou qual era o valor do serviço.

Voltamos para o *camping* cansados, decepcionados e com fome. Sem uma alternativa, repetíamos a mesma refeição há algum tempo: pão com alguma coisa no meio (salsicha, ovo cozido, ou simplesmente manteiga).

No dia seguinte, nem tentamos novamente. Ficamos pensando em alternativas. Nosso organismo já estava fraco e debilitado por dormir e comer mal. Nesse dia, ao invés de sair para procurar trabalho, encostamos e deitamo-nos na passagem do *camping* para a praia para descansar. Dormimos por horas e horas. A praia estava cheia de gente no meio do dia e, quando acordamos, vazia. Provavelmente todas aquelas pessoas passaram por nós para entrar ou sair do *camping* e se depararam com duas pessoas naquela situação.

Dormimos direto naquela noite, e sequer escutamos o maldito trem que passava a todo momento. Creio que foi uma reação do organismo, que não tinha mais muita resistência. Dormir foi a alternativa para economizar energia.

O dinheiro estava acabando, mas ainda havia uma quantia suficiente para pegar um trem de volta a Lisboa e de lá pegar o voo para o Brasil, porém ainda havia uma última vontade de arriscar. Agora era tudo ou nada e, se não tivéssemos sucesso, eu teria de voltar para o Brasil. Se minha última tentativa não desse certo, voltaria para Lisboa de carona para não gastar o pouco dinheiro que ainda restava com trem ou ônibus.

E a última cartada foi voltar a Barcelona e comprar mercadorias de um *hippie*[20] a fim de revender em Tarragona.

Essa ideia surgiu em algum momento enquanto conversávamos, e sem pensar duas vezes, foi o que fizemos.

Até brincamos que desistimos do ramo de "prestação de serviço" para o de "joalheria".

Pegamos outra carona para Barcelona e começamos a negociar com os *hippies* de La Rampla, onde a concentração de banquinhas era a maior da cidade. Um deles, por comprarmos praticamente a banca toda, fez um desconto muito bom. Voltamos para Tarragona para iniciar nossas vendas.

---

[20] Diz-se que uma pessoa hippie, comum nas décadas de 1960 e 1970, era aquela que rejeitava as normas e os valores da sociedade de consumo, se vestia de modo não convencional, deixava crescer os cabelos, desprezava o dinheiro, pregava a não violência, a liberdade sexual e a liberação das drogas. Seu estilo de vida era baseado na simplicidade e muitos sobreviviam humildemente vendendo artesanato, quase sempre fora do modelo convencional de trabalho.

Eu me lembro como foi essa negociação, pois na hora em que vimos o material que mais gostamos e que achávamos que poderíamos revender facilmente, perguntamos o preço de uma unidade, que custava aproximadamente um dólar, e logo na sequência dissemos:

— E se comprássemos tudo?

Ele arregalou os olhos, achando que estávamos brincando, mas fez um ótimo desconto.

A ideia era vender cada peça a dois dólares, pois o *hippie* topou vender por 60 centavos de dólar a unidade.

Acabei com praticamente todo meu dinheiro. Aquilo tinha que dar certo.

Voltamos para Tarragona e montamos, na praça central da cidade, a barraquinha, que era minha mochila com o saco de dormir do avesso para colocar o artesanato.

Nada!

Fizemos até uma plaquinha com o preço único, mas ninguém nem olhava para nós, e minha volta ao Brasil estava cada vez mais próxima.

Até que duas meninas se aproximaram e perguntaram o que estávamos fazendo ali.

Depois de explicarmos nossa situação, elas avisaram que estávamos no lugar errado. Que em Tarragona só tem turista mais velho e que dificilmente comprariam "nosso" artesanato. A dica foi irmos para uma cidade chamada Salou, a apenas alguns quilômetros, que era uma cidade cheia de jovens, com ótimas praias e agitada vida noturna.

Nesse mesmo momento, guardamos tudo, pegamos nossas coisas no *camping* e, com o balde em uma mão e a vassoura na outra, saímos pedindo carona para Salou. O problema foi entrar no carro com as mochilas, o balde e principalmente a vassoura, que não cabia na altura do teto do carro, mas, como havíamos gastado dinheiro naquilo tudo, não poderíamos nos desfazer tão facilmente assim.

Em alguns minutos, já estávamos no calçadão lotado da praia de Salou. Havia gente da Europa inteira. A cidade era muito parecida com Guarujá, no litoral de São Paulo, ou Balneário Camboriú, em

Santa Catarina, ou a praia de Boa Viagem, em Recife, cheia de prédios ao longo da praia e um calçadão bem amplo na frente.

Pegamos uma caixa de papelão na rua, entramos em um restaurante para pegar disfarçadamente uma toalha de mesa de papel e montamos nossa loja de artesanato.

Muito movimento, cheio de turistas e, ao menos, as pessoas perguntavam o preço e paravam para olhar. Até que uma senhora, percebendo que falávamos um espanhol bem ruim, perguntou de onde éramos e se o artesanato também era de nosso país de origem.

Automaticamente, olhei para o Marião, ele para mim, e dissemos:

— Sim, original das tribos indígenas do Brasil. Este colar é da tribo Xingu, este é dos Tapajós. Este daqui é dos Guaranis.

Bingo!

Após a senhora comprar algumas peças, saímos gritando no calçadão:

— *Artesania de Brasil! Artesania de Brasil!*

Vendemos tudo naquela mesma noite!

No dia seguinte, já estávamos acomodados em um *camping* na cidade, com um pouco de dinheiro no bolso e duas entrevistas de emprego pré-agendadas.

As pessoas que íamos conhecendo e conversando na rua davam dicas de onde poderiam estar contratando. Havia muitos turistas europeus fazendo a mesma coisa que nós: trabalhando no verão para juntar um dinheiro e aproveitando a cidade, que era bem agitada.

O primeiro trabalho que conseguimos, já no dia seguinte, foi para entregar panfletos para o restaurante Casa Juanito, um típico restaurante espanhol com *paella* e frutos do mar, com um público de classe média, bem perto da praia.

Nosso trabalho começava ao meio-dia e era basicamente falar com famílias de turistas que estavam na praia sobre o restaurante e entregar os panfletos com as promoções do dia. Além de um salário fixo, também ganhávamos uma comissão extra quando a pessoa que recebia nosso panfleto o entregasse no restaurante. Ou seja, quanto mais clientes convidássemos, mais dinheiro ganhávamos e, desde o primeiro dia, deixamos o restaurante lotado. Mas a melhor coisa era que podíamos almoçar de graça antes de iniciar o trabalho.

Quando chegamos para trabalhar, os pratos já estavam prontos. Eram os mais simples e baratos da casa, mas, com o tempo, fomos fazendo amizades com os cozinheiros e sempre combinávamos uma surpresinha para o dia seguinte. Isso, é lógico, sem o proprietário do restaurante ficar sabendo. Sem dúvida, foi o período em que melhor me alimentei em toda a viagem.

O outro trabalho que conseguimos, e sem dúvida o mais divertido, foi na Boate El Clan. Era uma boate, karaokê ou discoteca pequena, onde na frente ficava um funcionário com uma grande jarra de sangria, servida com uma concha como cortesia para os clientes que entravam ou que passavam na rua.

Vale lembrar que esse tipo de boate de rua na Europa geralmente não cobrava entrada.

Nosso trabalho era abordar os jovens na rua para divulgar a boate e falar da sangria, sempre com o objetivo de colocar o máximo de pessoas na casa, pois o dono ganhava dinheiro vendendo bebidas lá dentro.

Seu Manolo, o proprietário, era uma figura, um velhinho tranquilo, mas que gostava de bagunça, tinha um bigode grosso e sempre falava *"aqui dentro, solo hay bebidas de calidad!"*.

Realmente, ele preparava coquetéis muito bons, mas o problema é que ele era também o DJ do local, e colocava músicas que não tinham nada a ver com o público. Misturava músicas novas com algumas da época dele que ele gostava. Com isso, não conseguia "segurar" as pessoas que nós colocávamos para dentro por muito tempo. Além de, às vezes, ligar o karaokê, o que também não segurava muita gente que estava lá só para curtir a música e os amigos. Na verdade, eram várias coisas no mesmo lugar e não tinha uma identidade ou um propósito. Seu Manolo queria fazer de tudo, mas não entregava nada do que deveria.

Era uma sensação de "enxugar gelo", pois sempre colocávamos muita gente para dentro, mas o Manolo as "expulsava" com suas coletâneas de músicas antigas. Mas era muito divertido, além disso, devido ao nosso trabalho, praticávamos espanhol o tempo todo. Isso me deu fluência no idioma tão rápido que me impressionou. Faltava a gramática.

Como tudo estava correndo bem no idioma e eu estava ganhando um bom dinheiro, decidi não gastar com escola de espanhol e comprei um livro para estudar. Minha rotina era a seguinte: acordava e estudava espanhol no bar do *camping*, pois, além do movimento baixo pela manhã, tirava as dúvidas com a garçonete, enquanto ela limpava e arrumava as mesas para o almoço. Depois, íamos andando por 30 minutos até o restaurante Juanito para almoçar e trabalhar até quatro da tarde. Mais 30 minutos para voltar, tomar um banho e ir à boate El Clan, mais perto do *camping*, onde ficávamos por várias horas da noite, dependendo do movimento.

Trabalhamos por um bom tempo na Espanha, aprendemos a falar razoavelmente espanhol, e consegui dinheiro suficiente para continuar a viagem, mas, desta vez, sozinho. O Marião tinha planejado ir de ônibus para Paris e Bruxelas para visitar Eric e Mathieu antes de voltar para o Brasil.

Para constar, o balde e a vassoura foram de grande valia em Salou, pois serviram para lavar nossas roupas e varrer a frente da barraca para não entrar areia em nossa "casa", tão pequena essa que só tinha lugar para duas pessoas. As mochilas ficavam em nossos pés. Precisei me acostumar a dormir com os pés para cima.

Já era mês de agosto, as férias de verão estavam acabando, a cidade de Salou esvaziando e eu ainda tinha meu objetivo que era ir o mais rápido possível para a Inglaterra. Foi então que me despedi do Marião.

O Mário foi muito importante nesse momento da minha vida. Me encorajou a fazer a inscrição do intercâmbio desde quando vimos o anúncio, ajudamos um ao outro a correr atrás de tudo no Brasil, foi meu apoio nos momentos mais difíceis da viagem, como eu devo ter sido para ele também, e ele sempre tinha ideias novas ou complementares às minhas. É um amigo que levarei por toda a vida e hoje, depois de mais de 20 anos, concidentemente temos filhos da mesma idade, e eles já se tornaram bons amigos e se encontram para brincar quando possível, apesar de morarmos em lugares diferentes.

Saindo de Salou, resolvi ir antes para Saragoça, na casa do Óscar, para deixar um pouco de bagagem, que estava muito pesada, e algumas pesetas, evitando assim pagar taxas nos câmbios e perder dinheiro. Em 1997, cada país da Europa possuía sua própria moeda e, na troca de dinheiro, eu teria que pagar taxas e impostos nas casas de câmbio.

Como eu voltaria para Portugal para pegar meu voo de volta ao Brasil, o plano era passar por Saragoça antes e pegar de volta a bagagem e o dinheiro espanhol, pois o usaria no deslocamento entre Saragoça e Lisboa para um ônibus, trem e alimentação.

Essa passagem pela Espanha foi decisiva na minha viagem em todos os sentidos. Me deixou mais forte, mais confiante e mais preparado para o que eu poderia enfrentar pela frente. Por várias vezes, eu falhei e pensei em voltar para casa, mas também tive vários outros momentos de conquistas e vitórias que me fortaleceram.

Agora era seguir adiante, e minha ideia de trajeto neste momento era a seguinte: de Saragoça para Nice, pois tinha ligado para meus pais, e eles me disseram que um amigo de infância estava em Nice fazendo um trabalho pela IBM[21] e, mesmo que isso fizesse eu desviar um pouco do caminho, eu tinha que ir, pois me encontraria com uma pessoa que cresceu comigo, com histórias parecidas de superação e com as mesmas origens.

Seria fantástico se desse certo e eu tinha tudo mapeado na cabeça.

Depois dessa passagem rápida por Nice, a ideia era ir para Bruxelas visitar o Mathieu, seguir para Londres para estudar inglês e voltar

---

[21] A *International Business Machines Corporation* é uma empresa dos Estados Unidos voltada para a área de informática. A empresa é uma das poucas na área de tecnologia da informação com uma história contínua que remonta ao século XIX. Em 1917, a IBM surgiu no Brasil, ainda funcionando com o nome de *Computing, Tabulating & Recording Company* (CTR). O Brasil foi o primeiro país do mundo a receber uma filial da IBM.

para Lisboa para pegar o voo, mas antes passando em Paris para visitar Eric.

Simples e fácil de executar, mas, em se tratando de caronas, nem tudo sai como a gente planeja.

"Dificuldades preparam pessoas comuns para destinos extraordinários."

C.S. Lewis

CAPÍTULO 7

PEQUENAS CARONAS, GRANDES SURPRESAS

Era domingo e o dia amanheceu em Salou.

O Marião já estava dentro de algum ônibus indo para Paris e eu arrumava minhas coisas. Desmontei a barraca, fiz as contas do dinheiro que tinha guardado, calculei quanto eu levaria comigo e quanto deixaria com o Óscar. Escrevi uma plaquinha com o nome Saragoça e peguei um ônibus circular até o começo de uma estrada, sentido norte do país. Agora, não mais com o balde e a vassoura que me acompanharam nas últimas caronas.

Logo cedo, fazia um sol forte, mas, em menos de quinze minutos pedindo carona, parou um carro que, para minha surpresa, estava indo direto para Saragoça.

O motorista era um homem de uns 30 anos com um cachorro labrador marrom no porta-malas do carro. Duas horas e meia depois, já estávamos em Saragoça.

Foi uma viagem tranquila e rápida, apesar do cachorro ter vomitado durante todo o percurso. Não era um carro muito grande, mas o cachorro era. Ele estava no banco traseiro, que estava deitado, juntando-se ao porta-malas, um espaço considerável para o cachorro, mas ele não parou quieto. Ele deitava, levantava, vomitava, sentava, andava em círculos e não conseguia ficar quieto por muito tempo.

Me lembro do motorista falando toda vez que o cachorro vomitava:

— Típico, típico, típico. — E abria um pouco mais a janela para entrar vento e amenizar o cheiro.

Estava calor e o carro não tinha ar-condicionado. Apesar do vento, acho que o calor e o movimento do carro estavam fazendo o cachorro passar mal e como, aparentemente, o motorista queria chegar logo para talvez soltar o cachorro, ele não parou nenhuma vez para limpar.

Ou seja, foi uma viagem rápida pelo tempo que fiquei pedindo na estrada e por ir direto ao meu destino, mas demorada, considerando a situação e o cheiro azedo dentro do carro.

Chegando à casa do Óscar, expliquei tudo que havia acontecido desde a última vez que tínhamos nos vistos e meus planos. Deixei parte das coisas de minha mochila na casa dele, roupas que não estava utilizando muito, por exemplo, além de algumas pesetas que me serviriam na volta para Lisboa depois da planejada ida à Inglaterra.

Era próximo do meio-dia e a mãe do Óscar fez uma comida espanhola maravilhosa para me receber, com *jamón* pata negra de entrada e tudo mais que eu tinha direito. Almoçamos maravilhosamente bem e, quando eu já estava me despedindo e me preparando para seguir viagem, a mãe do Óscar disse:

— *No, no, no! Ahora es el momento de la siesta!*

Todos os dias, eles tiram um cochilo após o almoço, a famosa e tradicional *siesta*. E eles levam isso muito a sério. É até considerado uma questão de saúde para eles, sem deixar de mencionar que tudo fecha do meio-dia, até mais ou menos três da tarde. E a mãe do Óscar disse que eu tinha de fazer, pois ninguém me daria uma carona na hora da *siesta*.

É lógico que ela estava exagerando nesse comentário, mas deu para perceber o quanto era importante esse "ritual" do qual fiz parte com maior prazer.

Ela fechou todas as janelas, cada um se encostou em um lugar (eu, particularmente, no sofá da sala) e foi aquele cochilinho maravilhoso de meia hora depois de ter almoçado muito bem.

Um e outro foi acordando aos poucos e ela disse para o Óscar pegar o carro de seu pai e me deixar em algum ponto bom para carona.

Assim que o Óscar me deixou na estrada, se despediu e manobrou o carro para voltar, na primeira pedida de carona, já parou um carro com um casal de namorados, jovens, mais ou menos da minha idade, que viajava para Taraçona, que, na verdade, ficava um pouco fora do caminho que eu estava planejando.

Ainda no acostamento, eu falei com eles através da janela do carro. Primeiramente agradeci por terem parado e disse que queria ir para Nice, para o leste, ao invés de ir mais para o norte, disse também que era brasileiro etc.

E eles falaram:

— Brasileiro? Que legal! Quando paramos, achamos que você queria ir para a festa em Taraçona. Venha com a gente! Você não vai se arrepender. Amanhã, você segue para a França. Você tem que conhecer aonde vamos. Tem uma festa acontecendo por lá que você vai gostar.

Topei. Entrei no carro e fomos em uma estrada de aproximadamente uma hora até chegar em Taraçona, ao norte de Saragoça, e, durante a viagem, eles não falaram sobre o que era a festa, pois disseram que seria uma surpresa. Eu imaginava ser alguma festa, balada, discoteca ou rave.

Era um casal muito carismático. Eles perguntaram sobre mim e eu fui contando algumas experiências e histórias que havia passado desde a chegada à Europa.

Chegando à cidade, eles disseram que me deixariam no centro, pois tinham que fazer alguma coisa na casa de alguém e disseram também que me procurariam durante a festa para bebermos algo juntos e para me apresentar aos seus outros amigos.

Desci do carro e já vi uma multidão na pracinha central da cidade. Taraçona é uma cidadezinha típica da Europa, com sua arquitetura característica, ruas de paralelepípedo e um clima medieval.

Fui andando até onde estava a concentração de gente e, de repente, levei em cheio um tomate maduro na nuca, espalhando tomate por toda a minha roupa.

Saindo de Salou e fazendo uma volta pela Espanha, cruzando Andorra até chegar em Perpignan, França

Olho para trás, pronto para xingar quem havia feito aquilo, e vejo uma senhora, já bem velhinha, de dentro de uma janela que dava direto para a rua, dando risada por ter me acertado tão em cheio.

Era a Festa do Tomate!

Uma cidade parada, em que cada cidadão levava consigo um saquinho de tomates maduros, prontos para serem arremessados uns contra os outros. Uma verdadeira bagunça regada a muita cerveja, é claro.

Conta a história que todo ano, um prisioneiro da prisão local tinha a oportunidade de ganhar a liberdade e era instruído que se pudesse sair da cidade seria livre. Porém, nesse dia, todos os habitantes da cidade estariam na porta da prisão, com pedras nas mãos, aguardando o prisioneiro sair. E, caso ele conseguisse atravessar aquela multidão com vida, estaria livre.

Ao longo dos anos, a lenda diz que apenas uma pessoa conseguiu sobreviver à ira da população e à chuva de pedras. E esse dia é comemorado até hoje.

Cada ano o prefeito escolhe, em segredo, uma pessoa diferente da cidade que será o Cipotegato. Geralmente é alguma pessoa que contribuiu com a comunidade ou alguém da cidade que ficou famoso, ou simplesmente um cidadão comum. Fica a critério do prefeito. Então, o Cipotegato é um homem encapuzado que sai correndo no meio da multidão, e todos tentam acertá-lo com tomates maduros em vez de pedras.

A festa é uma verdadeira bagunça com música e bebida, semelhante a um Carnaval de rua, mas com muito tomate sendo atirado nos outros.

Em um certo momento, depois de já ter aproveitado bastante aquela bagunça toda, encontrei novamente o casal que tinha me dado carona, agora junto com uma turma grande. Eles me convidaram para ir a uma chácara comer porco na brasa.

Era final de tarde e fomos para a chácara, que ficava bem perto da cidade.

Conheci o restante da turma, que deveria ter umas trinta pessoas, comemos e bebemos, e quando estava escurecendo, por volta das oito e meia da noite, devido ao horário de verão, voltamos para a cidade.

Havia bandas e tendas por todos os lugares e os tomates já não eram mais arremessados, porém era possível encontrá-los no chão por toda a área central da cidade. Toneladas de tomates maduros esmagados depois de serem atirados, que eram como molho de tomate no chão, por todo lado.

O casal que tinha me dado carona conhecia muita gente já que eles disseram que cresceram na cidade, mas agora moravam e trabalhavam em Saragoça.

Teve até um momento da festa em que a banda falou, apontando para mim, em um intervalo entre as músicas:

— Essa vai para nosso amigo brasileiro.

Só depois vi que os integrantes da banda, que estavam tocando naquela noite, também estavam na chácara comendo o porco na brasa.

No grupo também havia duas pessoas que disseram ir sentido França no dia seguinte cedo, então eu fiquei perto deles a maior parte do tempo, já garantindo minha carona.

Depois de muita risada, dança, bagunça, bebida e diversão, a multidão começou a ir embora, e esses dois caras que me dariam carona disseram que estavam cansados e que iam dormir, me chamando para ir também, pois já era tarde e, para mim, foi um dia muito intenso, porque acordei em Salou e iria dormir em Taraçona depois de ter almoçado em Saragoça.

Bom, achei que íamos a alguma casa ou mesmo àquela chácara onde havíamos comido o porco, mas, quando chegamos ao carro, eles foram baixando o banco e me perguntaram:

— Você cabe deitado no banco de trás?

Ou seja, dormi no banco de trás do carro, praticamente esmagado. Eu era "visita" no carro e não podia reclamar que estava mal acomodado. A quantidade de cerveja que tomei na festa me ajudou a ficar um pouco mais confortável naquele aperto.

O dia amanhecia e, logo que o sol saiu, já nos ajeitamos dentro do carro e seguimos viagem, pois eles tinham que trabalhar. Eles moravam em Huesca, uma cidadezinha a duas horas de onde estávamos, sentido França.

Como o caminho que eu estava fazendo passava por povoados e cidades menores, além de ser basicamente caminhos com estrada vicinais, começaram as caronas curtas.

Eles me deixaram na estrada mesmo, antes de entrar na cidade. De Huesca, segui para Lérida com outra carona, depois apenas uma viagem curtinha de 30 minutos de Lérida para Balaguer, já subindo as montanhas dos Pirineus, mais uma hora e meia para Organya e depois uma outra carona de 40 minutos para Andorra-a-Velha.

Andorra é um principado, considerado país, que eu nem sabia que existia. Só notei na hora que estávamos passando em um lugar como se fosse uma praça de pedágio, que era a divisa entre os países.

Andorra fica no topo da cadeia de montanhas Pirineus, que divide a Espanha com a França, e é formado por um grupo étnico românico de ascendência catalã, sendo esta última a língua oficial do país. Apesar de também falarem espanhol, português e francês. É o 16º menor país do mundo[22] em território (equivalente ao município do Rio de Janeiro[23]) e 10º menor em população[24], com menos de 80 mil

[22] Lista dos menores países do mundo em área territorial (fonte: HYPERLINK "http://www.maioresemelhores.com" www.maioresemelhores.com): 1) Vaticano, 2) Mônaco, 3) Nauru, 4) Tuvalu, 5) San Marino, 6) Liechtenstein, 7) Marshall, 8) S. Cristóvão N., 9) Maldivas , 10) Malta, 11) Granada, 12) S. Vicente Gran., 13) Barbados, 14) Antígua Barbuda, 15) Seychelles, 16) Palau, 17) Andorra.

[23] Andorra tem uma área territorial de 468 km^2, enquanto apenas o município do Rio de Janeiro tem uma área territorial de 485 km^2 e o de São Paulo tem 587 km^2.

[24] Lista dos países menos populosos do mundo (fonte: World Population Review 2021) em milhares: 1° Nauru: 10.771, 2° Tuvalu: 11.793, 3° Palau: 18.097, 4° San Marino: 33.859, 5° Liechtenstein: 38.110, 6° Mônaco: 39.220, 7° S. Cristóvão N.: 53.211, 8° Ilhas Marshall: 59.265, 9° Dominica: 72.002, 10° Andorra: 77.280 habitantes.

habitantes. Sua economia é baseada em plantação de tabaco e turismo, pois fica em uma linda região montanhosa, além de ser um país com muitos benefícios de impostos e que adotou o euro como moeda, apesar de não fazer parte da Comunidade Europeia. Resumindo, uma "salada" de culturas, raças e idiomas em um pequeno espaço territorial.

A carona que me levou até Andorra foi dada por um cidadão andorrano, cuja filha tinha um *camping*. Ele me deixou exatamente na entrada do *camping*, onde já dei entrada, armei minha barraca e saí para conhecer a cidade.

Andando por ela, acabei entrando em um estádio de futebol, onde o F.C. Andorra jogava contra uma equipe que não me lembro, pela 4ª divisão do campeonato espanhol. Perderam de zero a três com poucas pessoas no estádio, mas valeu pela experiência, e a entrada era gratuita.

Já podia dizer que tinha assistido a uma partida de futebol da famosa Liga Espanhola, mas cá entre nós, o jogo foi pior tecnicamente do que uma partida de uma cidade do interior no Brasil. Havia mais técnica e emoção no clássico de Conchal que eu assistia em minha infância, entre os bairros de Tujuguaba e Piraporinha, do que em um jogo da 4ª divisão da *La Liga*.

Passei a noite no *camping* e segui viagem com caronas no dia seguinte, bem cedo.

Primeiro foi um alemão atrapalhado que não sabia direito aonde estava indo, só falava alemão e o ajudei como tradutor para ele achar o caminho de onde queria ir, perguntando para as pessoas da rua. Dentro do carro era tudo com mímicas.

Depois foi com um velhinho agricultor que também falava só catalão. Ele tinha muitos coelhos na caçamba do seu carro velho e empoeirado, pois tinha uma criação para comercializá-los.

Fiquei pensando que, como estava passando por vilarejos, era normal ter pessoas que não falassem ou se comunicassem o básico em inglês, mas já em território francês, imaginei que isso ia melhorar e fui seguindo, pouco a pouco, a caminho de Nice.

Naquela parte da viagem, eu já me comunicava bem em espanhol e conseguia me virar nas conversas básicas em inglês, idioma universal hoje em dia e também naquela época. Mas não em povoados e cidadezinhas do interior dos países.

A necessidade fez eu me soltar e começar a me comunicar em inglês, ainda com muitos erros, mesmo tendo comprado um livro que prometia "ensinar o idioma em seis meses". Sempre que encontrava tempo, estudava sozinho para ir aprendendo e chegar um pouco mais preparado na Inglaterra.

Desde minha saída de Saragoça, peguei várias caronas pequenas que me chamaram a atenção, pois conheci muita gente simples que só queriam ajudar de uma forma natural e sem medo de assalto ou qualquer outro tipo de violência.

Durante todo esse percurso, que foi de cidadezinha a cidadezinha, cheguei a pensar que estava perdendo tempo, mas tive um aprendizado diferente com cada pessoa. Do cachorro que vomitava ao casal que me levou para a festa do tomate, dos amigos que me ofereceram espaço para dormir no banco de trás do carro ao andorrano do *camping*, do alemão perdido ao criador de coelhos e tantos outros que fizeram parte da minha viagem e deste livro.

Mas nada se compara com as próximas aventuras que estavam por vir.

Eu imaginava que já tinha visto de tudo, mas as coisas mais impressionantes, inimagináveis e surpreendentes ainda estavam por vir.

"Aventura é deixar o inesperado acontecer com você."

Richard Aldington

CAPÍTULO 8

MÃE E FILHA

Depois da carona com o criador de coelhos em Andorra, estava na região de uma cidadezinha francesa chamada Mont-Louis e continuei tentando chegar o mais próximo possível de Nice. Sempre pedia, ou tentava pedir, para as pessoas me deixarem em lugares que me ajudariam a seguir viagem. Em um posto de gasolina, uma estrada sem curva ou com acostamento, mas nem sempre era possível.

Depois de algum tempo em uma estradinha de montanha estreita, pedindo carona para todos os carros que passavam, um carro reduziu a velocidade ao passar por mim e estacionou um pouco mais à frente.

Sem saber se era para mim ou se o carro tinha parado para outros fins, não o abordei. Então, uma cabeça surgiu pela janela do lado do passageiro, olhando para mim como quem pergunta "você quer mesmo carona?".

Peguei minha mochila pesada e corri até o carro. Quando entrei, vi que eram aparentemente mãe e filha viajando. A julgar pelo silêncio depois de minha primeira pergunta, nenhuma delas parecia entender inglês.

Mostrei um mapa da França e apontei a cidade de Nice. Elas me apontaram Perpignan, uma cidade a cerca de uma hora e meia dali. Era um trajeto curto, mas já ajudava. Assim que saímos do acostamento, tentei conversar um pouco, mas nada. Elas só falavam francês e eu não sabia uma palavra sequer do idioma. A comunicação era por meio de gestos, sons e mapas, sem muita conclusão. Inevitavelmente, o silêncio chegou e a viagem continuou.

Eu estava no banco de trás e me chamou atenção aquela menina no banco do passageiro. Era a Celine, que também devia ter idade de aproximadamente 20 anos. Era loira e tinha olhos azuis, a pele bem branca e cabelo liso. Ela usava um vestido azul claro, tinha pernas grossas, seios grandes e era muito bonita.

Sua mãe estava dirigindo e aparentava ser nova, menos de quarenta anos. Ela tinha cabelos castanhos curtos e usava óculos. Era também uma mulher bonita, típica francesa, baixinha e delicada.

Estávamos em uma região de montanhas com florestas e névoa, a temperatura não estava muito alta e o céu estava nublado. Naquele silêncio, enquanto eu olhava a paisagem ao redor, a mãe de Celine deu seta e parou o carro em uma área aberta no acostamento.

Celine saiu do carro e apontou para minha mochila antes de dizer alguma coisa em francês. Não entendi uma palavra. Ela percebeu minha confusão e fez gestos de natação com os braços.

Como eu estava usando uma calça jeans, abri minha mochila, fui tirando as coisas de dentro e peguei uma bermuda. Ela fez um sinal de negativo. Falando em francês, apontou para uma toalha que já estava do lado de fora, junto com outras camisetas que eu havia tirado.

Peguei a toalha, desci do carro e nós três entramos em uma trilha no meio da mata fechada, ao lado da rodovia. Fomos descendo bastante até chegar a um riacho, cada um levando apenas uma toalha.

Ao chegar ao riacho, para minha surpresa, elas começaram a tirar os calçados e as roupas e sinalizaram para que eu fizesse o mesmo. Não fazia ideia de para onde elas estavam me levando e o que iríamos fazer. Estava frio e o riacho, apesar de estreito, aparentava ser fundo.

Me questionei se a ideia seria nadar naquelas águas. Como a Celine disse para eu não pegar minha bermuda, imaginei que iríamos cruzar o riacho.

Descalcei meus tênis e dobrei a barra da calça. De repente, quando olho para o lado, vejo a mãe de Celine completamente nua dobrando e arrumando as roupas em um montinho. Levei um susto! Quando olhei para Celine, a vi também nua, já a entrar na água.

Ela se molhou aos poucos, fazendo com que o corpo se acostumasse com a temperatura da água. Eu observava a cena, incrédulo: o barulho da água descendo o rio entre as pedras, o clima de montanha com neblina entre as árvores, o cheiro da natureza e aquele corpo maravilhoso em movimento. A mãe da Celine entrou na água logo na sequência e me encarou como se questionasse se eu não entraria.

Imediatamente, mesmo sem entender o porquê, tirei toda minha roupa e entrei no riacho, logo atrás da mãe de Celine, com toda a roupa debaixo do braço. A água estava ainda mais gelada do que eu havia imaginado, e Celine, à frente, já a tinha quase à altura da cintura.

Meu Deus! O que estava acontecendo? Para onde eu estava indo?

Em vez de de apenas cruzar o riacho, elas o seguiam contra a leve correnteza, riacho acima. Havia pessoas conversando mais à frente e duas mulheres com água até o pescoço em um canto mais acima do riacho. As pedras que as cercavam evidenciavam que se tratava de uma banheira natural, de onde saía vapor d'água.

O caminho até lá era de cerca de dez a quinze metros dentro da água gelada das montanhas. Era de tirar o fôlego de frio!

Parecia que aquilo tudo não estava acontecendo. Gostaria de ter visto minha fisionomia em um misto evidente de surpresa, confusão e alegria. Muita alegria para um jovem de 22 anos de idade com os hormônios borbulhando! Pensava o tempo todo em minha máquina fotográfica, que havia ficado no carro, mas sabia que aquele momento iria ficar gravado na memória por toda minha vida.

Esse lugar ficava dentro do Parque Natural Regional dos Pirineus Catalães, uma área verde protegida. A trilha que pegamos, de uns dez minutos, era de mata fechada e com muitas árvores, parecida com as trilhas de mata atlântica do Brasil. O riacho era de água límpida em meio a uma área mais aberta e sem mata, onde se formava uma grande piscina adornada de pedras. A nascente tinha águas quentes que se misturavam com a fria do riacho, proporcionando uma temperatura morna perfeita.

Ficava um pouco na piscina de água quente e depois, quando meus "ânimos" começavam a se exaltar, ou quando estava com muito calor, dava um pulo na água fria corrente do riacho, como em uma sauna. As quatro mulheres faziam o mesmo. Não trocamos nenhuma palavra, apenas aproveitamos aquele momento na natureza. Depois de alguns minutos, chegaram mais dois homens. Éramos um grupo de sete pessoas e a conversa era toda entre eles em francês. Mas eu estava gostando muito daquilo tudo e resolvi apenas observar.

Acho que ficamos aproximadamente uma hora nesse local e saímos para cruzar o riacho novamente e nos enxugar. Eu olhava para Celine e ela, com menos intensidade, me olhava de volta.

Voltamos pela trilha morro acima para pegar o carro e seguir viagem.

Enquanto eu relembrava o que havia passado, a mãe de Celine, depois de dirigir por aproximadamente 20 minutos, saiu da rodovia. Seguimos por uma estradinha de terra e pedra até entrar em uma propriedade e parar em uma chácara no meio das montanhas.

Já estava anoitecendo quando saímos pela propriedade para colher morangos. Depois que enchemos os cestos com as frutas, Celine me levou para dentro de uma construção bem rústica e me mostrou os potes de conserva que elas faziam para vender. Notei que eram duas pessoas bem alternativas e que parte de seu sustento vinha daquela pequena propriedade no meio das montanhas.

Aquele lugar também era mágico. No todo de uma montanha, com uma suposta vista linda do pôr do sol. "Suposta" porque o tempo continuava fechado por nuvens carregadas e escuras.

Na propriedade, havia plantações de morango, pera, maçã, framboesa etc. Tudo espalhado e sem muito padrão. A construção rústica de madeira marrom-escura cheia de potes de conserva complementava o ambiente.

Voltamos ao carro e seguimos em direção a Perpignan. Durante o trajeto, Celine começou a mexer no porta-luvas e a fazer alguma coisa. Ela e a mãe conversavam bastante em francês sem que eu conseguisse entender, sendo que a mãe dela erguia um pouco a voz, aparentemente não concordando com ela. Depois de alguns minutos, Celine pegou um isqueiro e acendeu um cigarro que ela acabara de preparar. O cheiro forte tomou conta do carro e, depois de alguns tragos, Celine passou o cigarro para a mãe, que também fumou um pouco.

Só então, Celine virou-se para mim com aqueles olhos azuis, estendeu o cigarrinho e me fez uma pergunta, da qual entendi apenas a primeira palavra, *vous*, que é "você" em francês.

Fiquei alguns segundos olhando fixamente para os olhos dela, peguei o cigarro de sua mão e traguei uma, duas, três vezes, antes de devolver.

O sol já tinha se posto, mas ainda não estava totalmente escuro e parecia que eu estava viajando para outro mundo, um lugar bucólico no meio das montanhas, com um cesto de morangos recém-colhidos ao meu lado, uma música calma tocando, aquelas duas mulheres na minha frente e memórias da experiência no rio. Ah, aquela experiência no rio...

Eu já não sabia mais o que era realidade ou imaginação. Parecia que eu estava flutuando e imaginava o que mais poderia acontecer. Às vezes, elas conversavam entre si e o som de duas mulheres falando em francês complementava de forma incrível aquele momento. Minha imaginação foi longe.

Entrando em uma cidade, vi a placa que dizia Perpignan e tentei falar para elas a palavra *camping*. Elas olharam uma para a outra e começaram a conversar antes de responder algo que novamente não entendi. Achei que estavam discutindo onde seria o melhor *camping* para me deixar, mas a última coisa que eu queria era me despedir. A energia dentro daquele carro era a melhor possível e, mesmo não conversando, eu sentia que havia algo muito bom entre nós.

Rodamos um pouco mais pela cidade e paramos em uma casa simples e estreita, de dois andares, onde a mãe de Celine estacionou e me convidou para entrar.

Elas me levaram até um quarto no andar superior, usado como depósito para livros e objetos pessoais. Estavam me convidando para passar a noite com elas na casa, o que para mim era ótimo, pois já era tarde e havia risco de chuva.

Abri minha mochila e estendi meu saco de dormir no chão. Celine me mostrou onde era o banheiro para para que eu tomasse um banho quente.

Enquanto me banhava, elas cozinhavam. Estávamos morrendo de fome. Durante o dia, só havia comido biscoitos, bolachas, outras coisas que tinha na mochila e alguns morangos. Além disso, aquele "cigarrinho" tinha aberto mais ainda meu apetite.

Vestido em roupas limpas, desci para a cozinha. O cheiro do jantar estava incrivelmente bom. A Celine também já tinha tomado banho no banheiro de baixo e ajudava a mãe a pôr a mesa.

Jantamos uma deliciosa sopa de legumes com creme branco e tentamos nos comunicar durante o jantar em idiomas diferentes com a ajuda de gestos. A comunicação fluiu um pouco melhor em relação às tentativas que tivemos anteriormente no carro. Tentei dizer o que fazia e para onde estava tentando ir. Disse também que estava me sentindo muito bem e agradecido de estar ali com elas.

Entendi durante o jantar que elas eram vegetarianas. Outro detalhe que me chamou atenção foi que não vi nenhuma TV na casa.

Durante nossa tentativa de conversa, fortes relâmpagos faiscavam no céu. Subimos na parte de cima da casa para assistirmos à tempestade. Havia um *deck* na parte de cima de um dos quartos, no topo da casa, com vista muito bonita do céu e do bairro. Um espaço pequeno, suficiente para nós três.

Para mim, aqueles raios e trovões eram uma cena do cotidiano ao qual não costumava dar muita atenção. No entanto, naquela noite, foi diferente. Para elas, era um espetáculo da natureza, digno de pararmos o que estávamos fazendo para ver o céu negro sendo cortado por raios e clarões.

Elas eram muito alternativas em todos os gestos e comportamentos. Eram duas mulheres especiais e muito do bem que mereciam e merecem toda a felicidade do mundo.

Em nenhum momento notei a presença de um homem naquela família, como o pai ou padrasto da Celine, por exemplo. O espaço era todo somente delas duas.

Depois de um tempo no *deck*, a mãe de Celine foi dormir e ficamos mais um pouco vendo o céu, até começar a cair uma chuva bem fina. Celine me olhava de uma maneira diferente, cada vez com mais intensidade, parecendo que queria me dizer alguma coisa, mas não conseguimos manter uma comunicação tão fluida. Nós sempre tentávamos falar alguma coisa, mas ninguém entendia quase nada e acabávamos rindo. Assim que começou a garoar, ela foi para seu quarto dormir. Eu também fui para o meu, apesar de querer falar outras coisas para ela.

Fiquei pensando em tudo o que havia acontecido naquele dia e na Celine. Ela não saía da minha cabeça e eu não conseguia pregar o olho, principalmente porque a escutava tossir no quarto ao lado a noite toda.

Durante a primeira hora deitado, devo ter ido de duas a quatro vezes ao banheiro com a esperança de encontrá-la, pois estava muito confuso e achava que talvez estivesse confundindo a hospitalidade que elas me ofereceram com outras coisas. Até que, em uma das vezes, quando voltava do banheiro, encontrei com ela parada, em pé, na porta de meu quarto com aqueles olhos azuis olhando fixamente para mim e sem falar nada.

Os relâmpagos continuavam com os clarões, os trovões seguiram fazendo seus sons e choveu a noite inteira.

"*Carpe diem*
Expressão latina que significa 'colha o dia de hoje',
ou 'aproveite o momento'."

Horácio

CAPÍTULO 9

O CUBANO

Logo de manhã, quando acordei, a mãe da Celine já me esperava para me ajudar a seguir viagem. Eu e Celine nos aprontamos rapidamente, comemos um pão e entramos no carro. Seguimos um pouco para fora da cidade e ela parou antes de um pedágio. Desci do carro, dei um abraço longo nas duas, virei as costas e caminhei um pouco para um lugar que acreditava ser mais fácil para que os carros parassem.

Fiquei posicionado em frente a uma praça de pedágio em Perpignan, sentido Montpellier. Rapidamente, parou uma carona. Era um cubano baixinho, de bigode e com cabelos grisalhos.

Eu disse que estava indo em direção a Nice e ele pediu que eu entrasse.

Fiquei muito feliz por ter uma carona com alguém com quem eu pudesse me comunicar. Conversamos por um longo tempo durante a viagem. Peguei bastante confiança naquele homem, que morava e trabalhava em Paris e havia deixado a ex-esposa e duas filhas em Havana dois anos antes.

Desde que entrei no carro, ele sempre se demonstrou atencioso, divertido e interessado na minha conversa, além de corrigir algumas coisas que eu dizia em espanhol. Na verdade, ele começou me contando as diferenças do espanhol da Espanha e o da América Latina, que são muitas.

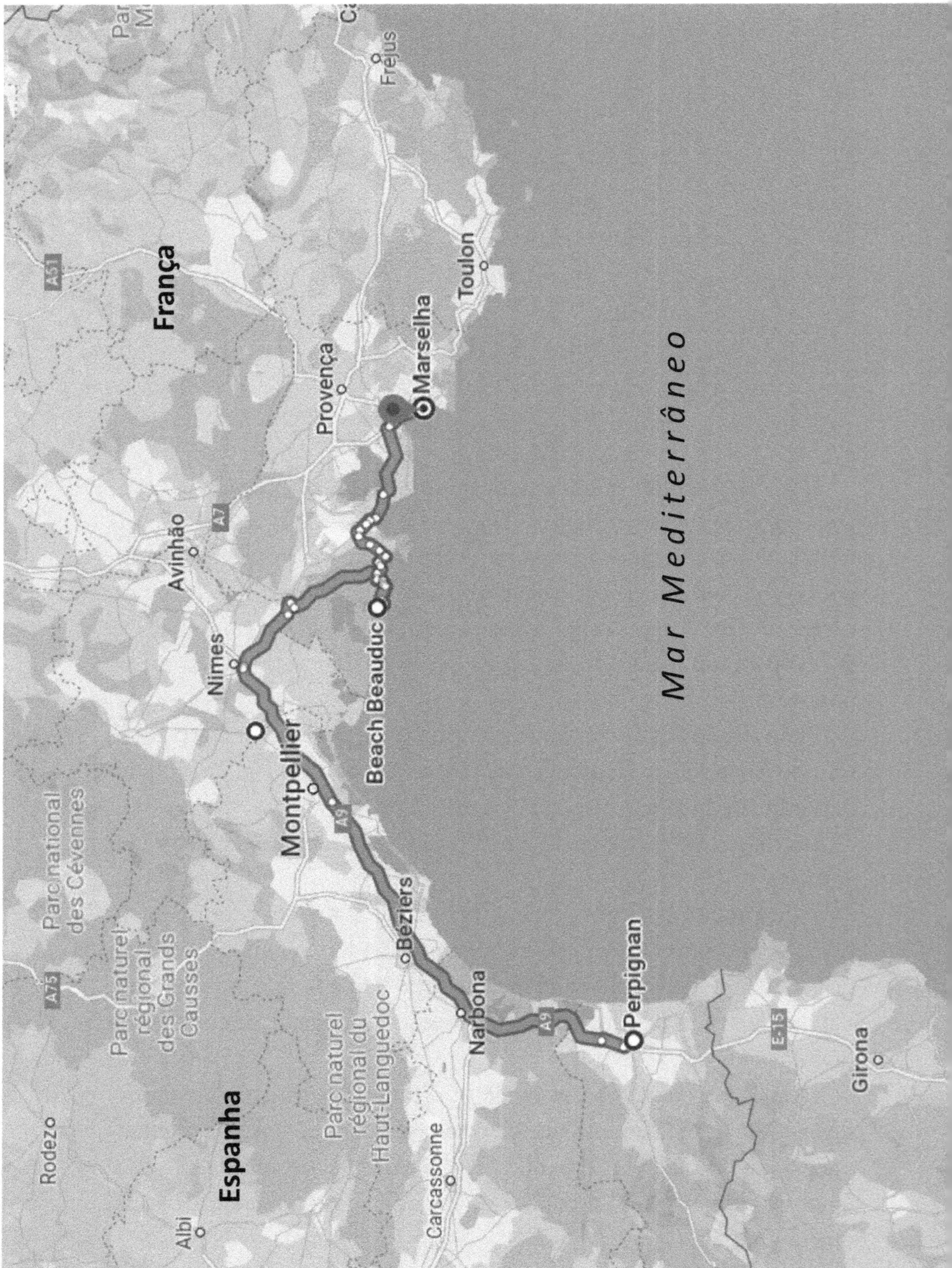

Pela costa francesa de Perpignan a Marselha,
passando pelas praias desertas de Beauduc no Mar Mediterrâneo

A Inglaterra era meu objetivo, mas eu não tinha pressa em chegar, pois tinha ainda mais de quatro meses pela frente até a data do meu voo de volta e queria conhecer alguns lugares e visitar amigos. Tudo dependia da sorte nas futuras caronas.

O cubano estava de férias e tinha planos de passar uma semana em uma praia francesa. Durante nossa conversa, expliquei que, apesar de não ter muita pressa de chegar em Nice, o quanto antes seria melhor para mim.

Ele sugeriu passar um dia com ele em uma praia que ele queria conhecer, pois estávamos bem perto e ficava no caminho. Depois, ele me levaria até Marselha, que já seria uma boa parte do caminho até Nice.

Senti naquele senhor muita sinceridade e confiança, além disso, aquela conversa estava sendo como uma aula de espanhol.

Paramos em um supermercado na estrada, já perto de Montpellier, para comprar alguma comida, pois dormiríamos na barraca na praia e faríamos fogueira para cozinhar. Ele pegou várias coisas e pagou a conta.

Desde que saí de Salou, não havia gastado praticamente nada. Aquilo tudo era muito bom para mim e, se ficasse mais um dia nessa praia, também faria economia para qualquer urgência antes de chegar na Inglaterra. O objetivo era sempre gastar o mínimo possível e continuar seguindo meu rumo.

Saímos da estrada principal e entramos em uma vicinal que ia em direção à praia. Rodamos cerca de 30 quilômetros sentido litoral sem ver nenhuma pessoa, mas era possível ver muito sal. Ou melhor, montanhas de sal. Para chegar à praia, cruzamos uma salina e, quando chegamos, percebi que ela era muito grande e semideserta. Era uma região que se chamava Camargue.

Me assustei um pouco quando entramos com o carro na areia e passamos por uma placa dizendo "Praia de Nudismo". Perguntei a ele se era onde ficaríamos e ele respondeu que a maioria das praias no sul da França era de nudismo. Como estava com grande confiança em relação a ele, não duvidei e fiquei mais tranquilo.

A praia devia ter uns 20 quilômetros de areia e não me lembro de ter avistado ninguém nesse dia.

Quando estava montando as barracas, ele disse que, se eu não me incomodasse, poderia dormir na barraca dele, que era de cinco lugares e havia espaço o suficiente, enquanto a minha era de apenas dois lugares. Concordei e, enquanto ele levantava a barraca, fui procurar lenha para fazer a fogueira. A noite já estava chegando.

Cozinhamos macarrão com sardinha, conversamos por um longo tempo ao lado da fogueira e depois fomos dormir. No final do dia seguinte, estava combinado de seguirmos viagem.

Amanheceu e acordamos com a claridade e o calor. Dormindo em uma barraca na praia, é comum despertar com o nascer do sol. Assim que os primeiros raios aparecem, como as barracas são feitas de poliéster ou nylon, o calor fica insuportável.

Como tenho a pele clara, não pratiquei nudismo com medo de ter uma insolação em lugares onde nunca tomei sol, então fiquei de sunga o tempo todo. O cubano ficava pelado, como as outras pessoas que encontramos, o que me causava um grande constrangimento de ficar perto daquele senhor sem roupa que mal conhecia. Nunca tinha ido a uma praia de nudismo e nem era uma experiência que me atraía, mas ele agia com muita normalidade.

A tarde foi chegando e ele propôs dormirmos mais uma noite lá antes de seguirmos viagem. Achei melhor, porque do contrário chegaria em Marselha à noite e seria mais difícil de achar lugar para ficar. Sem contar que Marselha, por ser uma cidade portuária de bastante fluxo, tinha fama de violenta.

Já era noite e novamente acendemos a fogueira, preparamos um lanche com alguns patês franceses, abrimos uma garrafa de vinho e ficamos conversando ao lado do fogo para espantar um pouco os mosquitos que atacavam no início da noite. Estávamos há quase dois dias juntos e o assunto não acabava. Conversávamos sobre economia, política internacional, socialismo, família, Cuba, Brasil e até assuntos inusitados, como o redemoinho que a água faz quando cai no ralo da pia.

Eu disse que, no hemisfério sul, ela gira no sentido horário; no hemisfério norte, no sentido anti-horário; e na linha do Equador, não gira, cai direto. Na verdade, isso é um mito e não está correto[25]. Nem lembro onde eu havia escutado isso, mas afirmava que era verdade.

Daí o cubano disse que, no hemisfério sul, vemos a constelação Cruzeiro do Sul, e no hemisfério norte, a Estrela do Norte, a maior e mais brilhante de todas. Ele também disse que a expressão "estou desnorteado" significa que a pessoa não está vendo a Estrela do Norte, por isso que ela está desnorteada, ou seja, perdida.

Como ele entrou no assunto de constelações, eu disse que, no Brasil, quando vemos uma estrela cadente, fazemos um pedido. E ele me disse que em Cuba acontecia o mesmo.

Naquela noite, o céu estava coberto de estrelas. O momento de descontração se completava com a fogueira acesa na areia da praia e nós dois, praticamente isolados do mundo, bebendo vinho sentados na areia.

Mudamos de assunto e continuamos conversando sobre outras coisas que vinham pela cabeça. De repente, depois de uns segundos de silêncio entre um assunto e outro, o cubano deu um grito que até me assustou.

— *¡Vi una estrella fugaz!* — disse ele. E repetiu: — *¡La vi, la vi! Haré un pedido. ¡Atención! ¡Haré un pedido! ¡Atención! ¡Atención! ¡Atención!*

Ele falava com os dois braços para cima.

---

[25] Essa questão é um dos grandes mitos da ciência. O sentido de rotação da água que escoa pelo ralo independe do hemisfério onde o experimento foi realizado. Depende de fatores de escala espacial muito menor: modelo da pia, pequenas irregularidades, sujeira etc. Também tem relação com a força de Coriolis, e você pode encontrar mais informações sobre isso no https://meteoropole.com.br/2012/08/e-verdade-que-a-agua-do-ralo-escoa-em-sentidos-opostos-no-hemisferio-sul-e-ho-hemisferio-norte/

Não estava entendendo aquela reação. Era uma simples estrela cadente e o pedido geralmente é feito para si próprio.

Como ele repetia de forma contundente que ia fazer o pedido, eu respondi:

— Então, faça.

Em um movimento rápido e brusco, ele veio em minha direção, colocou uma das mãos em minha nuca e puxou minha cabeça em direção à dele, querendo me dar um beijo na boca. Nesse segundo, eu virei a cabeça, roçando meu rosto rapidamente no dele. Nós dois estávamos com a barba por fazer e a lateral de nossos rostos se rasparam como se fossem duas lixas.

Minha reação foi dar um pulo.

— Tá louco?! Que isso?! Tá maluco?! – Fiquei tão nervoso que devo ter dito algo mais ou menos nesse tipo.

Ele arregalou os olhos, me pediu calma e um milhão de desculpas e que ele ia se explicar.

Um monte de coisa passou pela minha cabeça. Estava a uns 30 quilômetros de qualquer cidade, no meio do nada, com uma mochila enorme. Ou seja, sem ter para onde ir e sair daquela situação.

Falei para ele me levar embora naquele momento para qualquer lugar e ele, tão nervoso quanto eu, dizia:

— *Tranquilo, tranquilo, no soy un animal. Vamos a hablar.*

Minhas mãos tremiam, meu coração disparou e eu só ficava olhando para os lados, buscando encontrar alguém que pudesse me tirar daquela situação. Me sentia exposto e assustado.

Ele pediu que eu me sentasse e começou a contar sua história de vida. Eu demorei um tempo para me acalmar e escutar o que ele queira me dizer.

Então ele explicou. Disse que, alguns anos antes, era casado em Havana e tinha duas filhas. Seu casamento estava perdendo o encanto e foi quando procurou um amigo para se abrir. Após o amigo ouvir a história, os dois se abraçaram e começaram a se acariciar, fazendo com que ele notasse que estava tendo um sentimento diferente e que ia deixar a esposa, mas ainda estava muito confuso com tudo aquilo.

Comentou que, na época, durante a cerimônia de casamento de um primo em Havana, a esposa estava na igreja ao seu lado direito e seu amigo — já seu amante — do lado esquerdo. Ele olhava para ela, olhava para ele, olhava para o casamento e sabia que não estava feliz. Disse que sempre gostou de mulheres e que, por algum motivo que não sabia explicar, seus gostos e sua orientação sexual mudaram.

Foi após a cerimônia que ele decidiu deixar a esposa e sair de Cuba. Além de ter comentado que o governo, na época, via a homossexualidade como um mal a ser prevenido.

E seguiu explicando que, com essa nova descoberta sexual em sua vida e estando solteiro na França, quando me deu carona e começamos a conversar, ele sentiu uma afinidade muito grande comigo e disse que estava carente, em uma praia deserta, com outro homem e que seria natural tentar alguma coisa comigo. Complementou se desculpando por não ter muito jeito de "chegar" em alguém. Resumindo, ele estava carente e pensou que eu, tendo aceitado ficar mais tempo e não demonstrando objeção aos seus convites, tinha os mesmos desejos que ele.

Escutei a história sem interrompê-lo e, quando ele terminou, pedi as chaves do carro, pois não me sentiria confortável em dividir a mesma barraca depois da investida inesperada dele.

Aos 22 anos de idade e vindo do interior, a homossexualidade não fazia parte do meu universo. Hoje entendo perfeitamente a reação daquele homem. Era um ser humano carente, longe da família e solitário. Se me acontecesse a mesma situação hoje, com certeza teria levado um grande susto, mas talvez teria simplesmente dito:

— Acho que você entendeu tudo errado e confundiu as coisas. Respeito seu desejo, mas não sou a pessoa certa para isso.

Voltando para aquele momento, peguei a chave do carro dele, entrei, fechei a porta e disse que conversaríamos no dia seguinte.

Quando amanheceu, eu o acordei para seguirmos até Marselha, conforme combinado. Uma viagem de uns 150 quilômetros completamente diferente do que estávamos vivenciando nos últimos dias: duas horas quase sem nenhuma palavra entre nós.

"Nunca é muito tarde para abandonarmos nossos preconceitos."

Henry David Thoreau

escreveu essa frase há aproximadamente 200 anos.

CAPÍTULO 10

LIXO NO LUXO

Conforme combinado, o cubano me deixou em Marselha, mais precisamente no centro da cidade, onde tive a oportunidade de conhecer rapidamente um pouco da parte histórica e a área portuária. A cidade era interessante, porém, não muito segura em comparação com as demais grandes cidades europeias.

Marselha é uma cidade portuária e porta de entrada de muitos imigrantes que chegam de forma ilegal na França, vindos em sua maioria do norte da África e que, devido à dificuldade em se estabelecer no país, acabam cometendo crimes para sobreviver.

Por outro lado, fazer mochilão no verão europeu é uma forma fácil de conhecer pessoas e fazer amizades. Muitos turistas estão em situações parecidas e essa relação é bem bacana e útil. Como foi novamente neste caso, em que conheci alguns turistas italianos que, escutando minha história, prometeram me apresentar a um alpinista que estava praticando escalada na região e iria para Gênova após o almoço. Nice, meu destino, ficava exatamente no meio do caminho.

Passeamos um pouco mais pela cidade e chegamos ao lugar onde eles falaram que o alpinista estaria, em uma área de *camping* mais no interior da cidade, perto das montanhas.

Aproveitamos para comer um lanche rápido e conheci o tal alpinista, que não hesitou em me oferecer carona logo que me conheceu e soube que eu precisava ir para Nice.

Ele era um pouco mais velho, mas com estilo de jovem. Com roupas simples e óculos de sol. Tinha o estilo de ser bem desapegado de coisas materiais e gostar de curtir a natureza e essas aventuras.

Me despedi dos outros italianos e seguimos.

Foi uma viagem de aproximadamente duas horas. Durante o caminho, fui escutando histórias interessantes desse alpinista, que havia passado a noite dormindo em uma rede amarrada a pinos cravados em rocha, no paredão maciço de uma montanha, a uma altura equivalente a um prédio de mais de dez andares. Ele disse que escalava a montanha e armava tudo antes do pôr do sol, curtia o momento e o silêncio no topo da montanha, dormia e só descia depois de o sol nascer no dia seguinte.

Tem que ter muita coragem para se fazer isso. E é lógico, não ser sonâmbulo ou ter vontade de ir ao banheiro no meio da noite.

Sempre gostei desse tipo de aventura e me lembro de ficar muito empolgado com a ideia de fazer isso algum dia. A sensação deve ser incrível, mas, hoje em dia, já com filhos e família formada, sempre penso duas vezes antes de fazer qualquer coisa radical que colocaria em risco minha vida e, consequentemente, a deles.

Ao longo da viagem, quanto mais perto estávamos de Nice, mais eu ficava impressionado com a beleza do lugar. Não sabia se continuava puxando assunto com o alpinista ou se ficava em silêncio, contemplando a vista.

A famosa e glamourosa Riviera Francesa, ou Costa Azul, como é chamado. Esse é um lugar de famosos e de gente muito rica. Composta por Saint-Tropez, Cannes, Nice e outras cidades lindíssimas de frente para o mar. E que mar! Água azul-turquesa, com construções lindíssimas, canteiros de flores, carrões luxuosos e grandes iates espalhados pelas marinas compunham o cenário. O sol brilhava naquele céu também azul, que se juntava com o oceano no infinito. Lindo, incrível, parecia que eu estava em um cenário de filme.

Nas cidadezinhas pelas quais passávamos, via-se muita gente bonita passeando e aproveitando aquele paraíso que eu acabara de conhecer.

Depois de toda minha contemplação e vislumbre, ainda dentro do carro, refleti por uns segundos olhando para mim mesmo: cabelo por cortar, roupa usada, velha e suja, além de estar cheio de areia e sal pelo corpo, pois meu último banho tinha sido há três dias, na casa da Celine, antes da praia com o cubano. Era como se um pouquinho do lixo tivesse acabado de chegar ao luxo!

Mas eu não estava muito preocupado e queria mesmo encontrar meu amigo de infância para aproveitarmos aquele lugar juntos.

O alpinista me deixou em frente ao Hotel Le Negresco, um dos mais famosos e antigos da cidade, na avenida da praia. Assim, desci do carro e ele seguiu viagem.

O endereço do hotel no qual meu amigo estava hospedado ficava, mais ou menos, a dois quarteirões de onde eu tinha descido, então fui caminhando em sua direção, ainda boquiaberto com a beleza daquela cidade. Quando entrei no hotel e notei a fisionomia do atendente e de outros funcionários quando me viram, confirmei a preocupação com o meu visual. Acredito que eles achavam que eu estava perdido ou algo do tipo, pois, desde a hora que entrei no saguão do hotel, eu ficava olhando ao redor, reparando em todo aquele luxo.

Aproximei-me do recepcionista e perguntei pelo meu amigo Taroba, seu apelido de infância, pois, na verdade, ele era meu xará: também se chamava Luciano.

Taroba era o filho da Dona Rosa de Conchal, mais conhecido como o "Lu da Rosa", que depois ficou Ludarosa, depois Darosa ou Tarosa e, ao final, Taroba.

Ele atendeu a chamada do recepcionista e respondeu que desceria para me encontrar. Sentei-me em um sofá, enquanto todos na recepção continuavam me olhando de forma desconfiada.

Apesar do Taroba ser dois anos mais velho e da turma do meu irmão, crescemos juntos e passamos ótimos momentos durante a infância. Ele também vinha de uma família humilde, mas tinha uma casa com um quintal bem grande, gramado, quase no fim da cidade, com fundos para o rio. Lá, havia criações com galinhas, coelhos e cachorros, que sempre brincavam conosco.

Dessa época, me lembro que eu, meu irmão, o Taroba e outros amigos de infância queríamos montar um circo e treinávamos no quintal da casa dele quase todos os dias depois da escola. Isso incluía malabarismo, mágica, palhaçada, interação com animais e, é claro, piruetas, muitas piruetas.

O Taroba sempre gostou de tocar violão e cantar. Ele teve uma banda chamada Jegue Elétrico, que tocava no carnaval da cidade, mas seu ponto forte era a inteligência, além do esforço para aprender, estudar, crescer profissionalmente e buscar outras oportunidades fora da nossa cidadezinha natal.

Ele conseguiu ingressar na Universidade Federal de São Carlos, em Ciência da Computação, no primeiro vestibular que tentou, e fez o curso junto com meu irmão, que entrou na mesma faculdade dois anos depois. A nossa proximidade não para por aí. Durante a faculdade, ele foi por um período sócio de meu irmão na abertura de uma escolinha de informática em Conchal, na época que computadores e impressoras estavam começando a se popularizar. Naquele momento, em Nice, ele já tinha vendido sua parte da sociedade, pois havia se mudado para São Paulo e estava trabalhando na IBM, a empresa responsável por mandá-lo para Nice para trabalhar em um projeto.

Enfim, depois de alguns minutos esperando no saguão do hotel, eis que aparece o Taroba, todo sorridente. Me recebeu com um grande abraço e disse que eu estava parecendo um caramujo por causa da "casa" (mochilão) que eu levava nas costas, mas acho que também estava relacionado ao fato de eu estar tão maltratado que mais parecia uma lesma que se arrasta pela terra, toda suja.

Ficamos conversando no saguão por um momento e ele me pediu para esperá-lo na esquina do lado direito do hotel que ele iria ao meu encontro e depois me explicaria o motivo. Nos despedimos, saí conforme combinado e esperei por alguns minutos. O local era a saída da garagem do hotel. Ele saiu pelo portão dirigindo um carro, eu entrei e fomos dar uma volta pela cidade. Já era final de dia e aquele lugar estava cada vez mais lindo.

Comemos um lanche e voltamos para o hotel, pois eu estava muito cansado. E sujo.

Ele já tinha pensado em tudo. Aquela volta de carro foi mais para não chamar a atenção de todos os funcionários da recepção a fim de evitar alguma tarifa adicional, pois eu não poderia ficar hospedado no mesmo quarto que ele, além disso, seria inconveniente explicar para seu chefe na IBM que ele estava hospedando alguém no quarto pago pela empresa sem autorização prévia. Quando voltamos para o hotel, não havia nenhum controle na entrada do estacionamento, então consegui subir ao quarto sem ser notado, tomei um longo banho e coloquei uma roupa limpa.

O engraçado foi no dia seguinte, pois ele disse que iria para o escritório bem cedo e não tomaria o café da manhã no hotel, então pediu que eu descesse, desse o número do quarto na entrada do restaurante e tomasse café da manhã em nome dele, ou melhor dizendo, como se eu fosse ele.

Com uma aparência bem melhor do que no dia anterior, saí do elevador e vi que os funcionários do hotel que estavam na recepção eram todos diferentes, de outro turno. Fui até o local do café da manhã, dei o número da habitação, entrei e dei de cara com uma mesa enorme cheia de comida. Não sabia por onde começar.

Até então, aquele deve ter sido o hotel mais luxuoso e maravilhoso onde eu já tinha estado. Na realidade, era um hotel de negócios, muito bom, mas não tão incrível quanto eu tinha achado.

No café da manhã, podia se servir à vontade. Comecei comendo frutas e experimentando sucos de todos os sabores e cores. Depois fui ao setor de pães, baguetes, os famosos croissants franceses, manteigas, geleias, cremes, ovos de todos os tipos, acompanhados de cafés, *cappuccinos* e achocolatados.

No final, havia um cantinho com umas garrafas de espumantes. Eu já não aguentava comer mais nada, porém, como estava me sentindo um rei, enchi uma tacinha e bebi para fazer digestão.

Digestão? Nenhum organismo conseguiria fazer a digestão de tudo aquilo que tinha comido e provado, ainda mais o meu organismo, que estava há mais de cinco meses comendo só o essencial e, às vezes, nem isso.

Assim, meu plano de dar um passeio por Nice naquela manhã foi cancelado. Voltei direto para o quarto, onde fiquei deitado e, às vezes, sentado, enquanto me retorcia, incomodado por tanta comida ingerida, esperando aquela sensação de mal-estar passar.

À tarde, quando já estava me sentindo melhor, dei uma volta a pé por Nice, fui até a praia e entrei na água. Me lembro de ficar boiando por alguns minutos no mar, com aquelas ondas bem suaves me levando para cima e para baixo. Parecia um sonho.

No dia seguinte, fui sozinho de ônibus conhecer o famoso principado de Mônaco e, no sábado, como o Taroba não tinha que trabalhar, fomos passear por toda a Riviera de carro e fizemos um passeio de veleiro no final da tarde com seus amigos do trabalho.

Foram dias incríveis de muita risada e boas conversas. Contei várias histórias da viagem, que vocês também leram neste livro. Era muito boa a sensação de encontrar pessoas tão queridas e amigas e que fizeram parte de nossas vidas.

No domingo cedo, ele me deixou em um lugar na saída de Nice. Era uma saída que levava a uma estrada grande que iria para vários lugares da Europa. A minha esperança era conseguir alguma viagem longa, não tão "pingada" como muitas que já tinha pegado.

Precisava seguir adiante.

Na primeira carona, apareceu um italiano, aparentando uns 50 anos de idade, cabelos grisalhos e com um carrão esportivo.

— Londres? Inglaterra? Norte? – perguntei.

E ele respondeu algo como:

— *Vieni, entra. Avanti, presto, Roma!*

Entrei no carro na empolgação, pressão, entusiasmo... Não sei bem por que realmente eu entrei sem saber para onde ele estava indo, mas foi por impulso e feliz por ter conseguido uma carona tão rapidamente.

Assim que entrei no carro, ele saiu acelerando. Muito rápido!

Ele só falava italiano e eu não entendia muita coisa, sem contar que ele não parava de falar, com uma voz forte e rouca. Eu tentava prestar atenção e me comunicar para saber ao certo para onde ele ia e quais eram seus planos.

Depois de um tempo, descobri que era Roma mesmo, que ficava sentido sul, e eu queria ir para o norte da Europa.

De Marselha, França, até Roma, Itália, passando por Nice e Mônaco

Peguei meu mapa para ver o rumo, qual estrada estava pegando e para qual sentido íamos. Comentei que não era o que eu queria e que precisava descer em algum lugar bom para tentar pegar outra carona. Mas ele sempre repetia:

— *Roma, Roma! Andiamo! Belissimo!* – E acelerou mais ainda.

A Itália não estava em meus planos, mas pensei por um momento e me perguntei: por que não conhecer um pouquinho?

Eu tenho ascendência italiana e todos os meus oito bisavôs nasceram na Itália, na região de Veneto. Meu bisavô Luidge Mason conheceu minha bisavó Thereza Longato no navio a caminho do Brasil. Assim, acabei me empolgando e topei seguir em frente.

Afinal, quem tem boca vai a Roma. E é para lá que estava indo!

"Mesmo que já tenhas feito uma longa caminhada,
há sempre um novo caminho a fazer."

Santo Agostinho

CAPÍTULO 11

RESGATANDO MINHAS ORIGENS

De Nice, dentro do carro esportivo, com aquele italiano tagarela, pude ver de longe o porto de Gênova e a famosa Torre de Pisa conforme avançávamos pela estrada. Fizemos poucas paradas. Depois de aproximadamente sete horas, chegamos a Roma já no entardecer.

Ele me deixou em uma cidadezinha no litoral, perto do Aeroporto Internacional de Roma, que fica a uns 30 minutos do centro da cidade, onde achei facilmente um *camping* para passar a noite.

Me planejei para ficar apenas um dia em Roma e já seguir viagem novamente sentido norte da Europa, e foi isso que fiz.

Logo bem cedo, eu já estava no centro de Roma: Panteão, Coliseu, Fórum Romano, Fontana di Trevi etc. Roma é uma cidade impressionante que faz a gente refletir sobre o poder, a riqueza e a força que teve o Império Romano há mais de dois mil anos. O que mais me impressionou foi o Coliseu, que é uma arena ou anfiteatro e foi construído na década de 70 d.C., onde aproximadamente 65 mil pessoas assistiam a combates entre gladiadores, ou gladiadores contra leões e espetáculos públicos, tais como simulações de batalhas marítimas, caças a animais selvagens, execuções, encenações de batalhas famosas e dramas baseados na mitologia clássica.

Aproveitei também a chance para visitar o Vaticano, uma cidade-estado murada no meio de Roma, a aproximadamente uma hora de caminhada de onde eu estava. No entanto, após fazer o percurso a pé debaixo de sol quente, os planos não saíram como o esperado.

A principal atração do local, além do Papa, são a Basílica de São Pedro e a Capela Sistina, e em ambos os lugares eu não consegui entrar. O motivo? Estava vestindo bermuda. Só descobri isso após ter ficado horas em uma fila interminável, debaixo do sol escaldante do verão europeu, e ser barrado na porta de entrada. Infelizmente, minha mochila, com todos os meus pertences, estava no *camping* não muito longe do centro.

Fiquei observando outros turistas que chegavam com as pernas de fora, mas muitos tinham calça na mochila. Também vi algumas mulheres colocando canga ou toalha para cobrir as pernas, como se fosse uma saia. Ou seja, daquela multidão que visitava o local, eu fui o único a não conseguir entrar.

Coisas que acontecem com marinheiro de primeira viagem.

No entanto, eu aproveitei que estava na terra do Papa João Paulo II[26] para comprar uma medalhinha e levar de presente para minha "italianinha" enfezada, minha segunda mãezinha, minha querida Vó Ina.

Foi um dia de puro turismo, de andar muito, passar calor e comprar lembrancinhas. No final da tarde, retornei para o *camping*, descansei e tentei seguir viagem no dia seguinte.

Da mesma forma rápida com a qual desci do norte ao sul da Itália, subi do sul ao norte do país, com destino a Pádua, ou Padova-Veneto (em italiano), na incrível coincidência de chegar exatamente à região onde meus antepassados moraram.

---

[26] Papa João Paulo II foi o chefe da Igreja Católica de 1978 até a data de sua morte, em 2005. Teve o terceiro maior pontificado documentado da história, liderando por 26 anos, cinco meses e 17 dias. Foi o único Papa eslavo e polaco até a sua morte, e o primeiro Papa não italiano desde o neerlandês Adriano VI, em 1522. João Paulo II foi aclamado como um dos líderes mais influentes do século XX. Após sua morte, já tivemos dois sucessores: Bento XVI (alemão, de 2005 a 2013, ano em que abdicou ao papado) e Papa Francisco (argentino, de 2013 até os dias atuais).

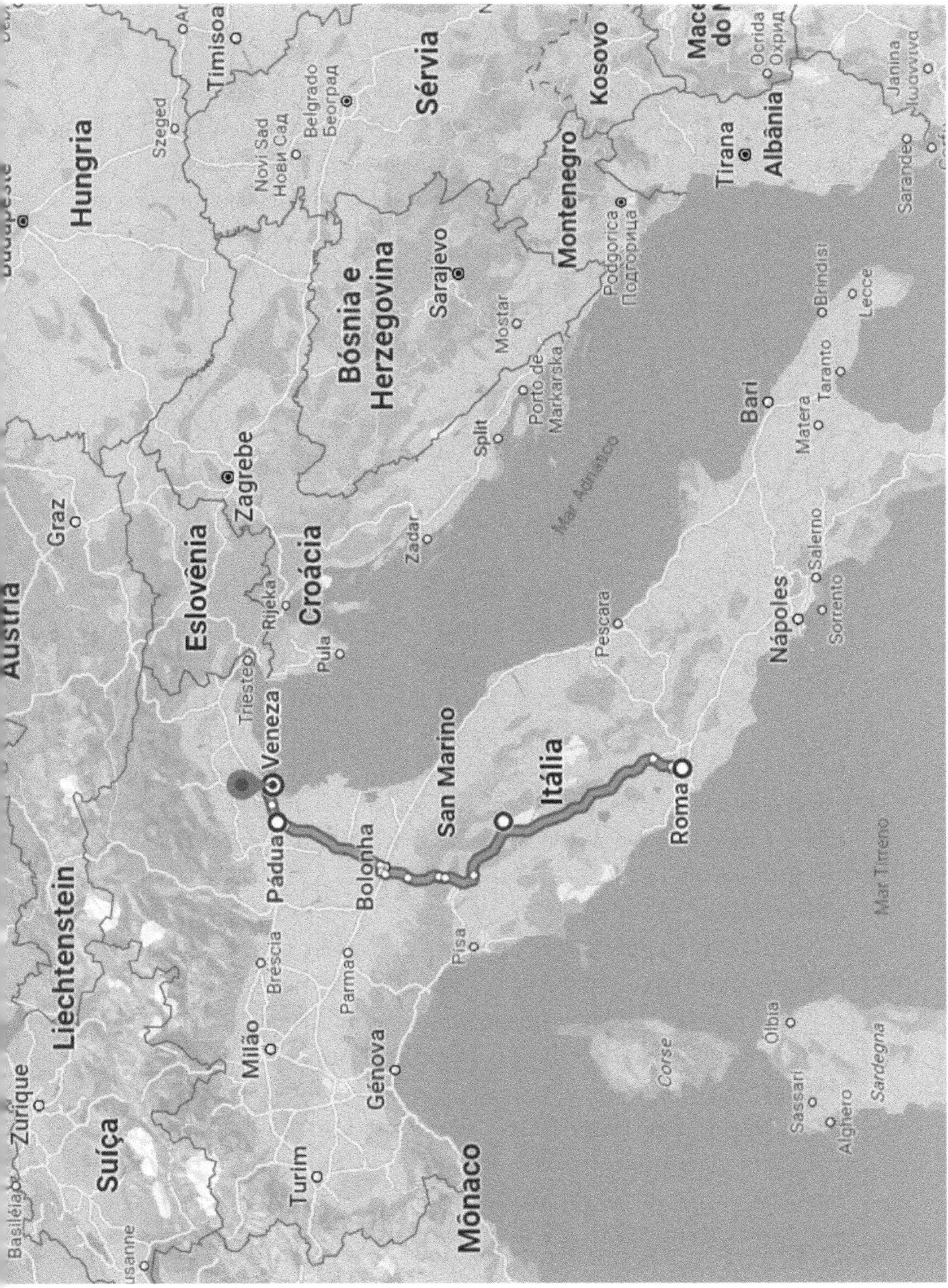

Roteiro pela Itália, de Roma a Veneza

Essa carona foi interessante também, pois, perto do *camping*, havia alguns caminhões estacionados, os quais, acredito, tinham descarregado ou iam carregar algo no aeroporto. Logo cedo, um dos motoristas estava verificando os pneus e a carroceria para seguir viagem. Era um senhor de meia-idade, cabelo grisalho, magro, fraco e baixinho, o que me chamou a atenção, pois ele destoava da carreta enorme que possuía. Fui até ele e perguntei para onde ele estava indo e se poderia me levar para o norte. No momento que ele me viu, parou o que estava fazendo para me dar atenção e entender o que eu estava falando.

Às vezes parece que as pessoas certas são colocadas em nosso caminho, pois era uma carona perfeita em relação ao que procurava e esse caminhoneiro se mostrou paciente com minha falta de conhecimento em italiano, além disso ele foi muito simpático desde o momento que eu o abordei.

Foi uma viagem direta, de umas sete horas, parecida com a que eu tinha pegado dois dias antes, mas em um ritmo bem mais desacelerado. Foi nessa viagem que aprendi o que é um tacógrafo, um dispositivo empregado em veículos para monitorar o tempo de uso, a distância percorrida e a velocidade. Ou seja, ele me explicou que não poderia exceder a velocidade permitida durante a viagem, caso contrário receberia advertência da empresa ou até multa rodoviária, o que poderia acarretar sua demissão. Isso significa: uma carona tranquila, no ritmo de um caminhão, olhando a paisagem e, às vezes, tentando conversar.

Hoje fico imaginando como essas conversas fluíam na época. Eu tinha estudado um pouco de espanhol e aprendido o que sabia na prática e meu inglês estava melhorando, mas ainda era muito básico. Mesmo assim, quando estava com pessoas que não falavam esses idiomas, como franceses e italianos, conseguíamos nos comunicar de alguma forma. Bem precariamente, mas conseguíamos.

O que mais me entreteve nessa viagem foi a pequena cozinha acoplada na cabine do caminhão, equipada com todos os utensílios básicos para preparar uma refeição: talheres, pratos, copos, porções de comida etc. Enquanto o motorista dirigia e me orientava, eu preparei o almoço.

O banquete final foi uma massa italiana com cogumelos, provavelmente a primeira vez que eu provei cogumelos. Naquela época, esse ingrediente não era muito comum na culinária brasileira. A refeição estava deliciosa, ainda mais por eu ter cozinhado sozinho, o que foi um evento para mim.

Depois do almoço, ele fez café para nós dois sem precisar de ajuda. Ligou o fogo, pegou a água, filtro e pó de café. Tudo com a mão direita, enquanto dirigia com a mão esquerda. O fogãozinho elétrico ficava entre os bancos da frente, um pouco atrás do assento. Lembro de ele ter me dito que aquele caminhão era sua casa e tudo precisava estar acomodado de um jeito que desse para ele viver na estrada, sem se privar de nada.

O destino do caminhoneiro era ao norte da Itália, na fronteira com a Áustria. Quando vi no mapa que ele passaria por Pádua, pedi que parasse para eu descer. Me lembro também de termos passado próximo a Florença, algumas horas antes de eu descer. Essa é uma cidade que eu adoraria conhecer, mas onde não pude parar. Eu precisava seguir viagem.

Ele fez questão de me deixar em uma região mais central em vez de na estrada e entrou o máximo que pôde na cidade. Já dentro de Pádua, parei em um café e pedi a lista telefônica para o senhor que estava no balcão.

Para os mais novos, na época do mundo não digital, cada casa ou estabelecimento comercial recebia um livro, que era atualizado anualmente, com o nome e telefone de todas as pessoas que possuíam uma linha telefônica na cidade. Era a única forma na época que tínhamos para encontrar uma pessoa e seu contato telefônico, mas não necessariamente o endereço. A lista telefônica de Pádua era bem longa, já que a cidade tinha aproximadamente 200 mil habitantes na época.

Quando pedi para ver a lista, o proprietário disse para eu ir até os fundos do café onde havia uma espécie de cabine de madeira, que isolava o som dos clientes no local, e disse algo em italiano sobre eu pagar para ele depois do uso. Bom, pelo menos foi isso que eu entendi.

Meu objetivo era fazer uma ligação e verificar se havia algum Mazon, que é o sobrenome da minha família, na cidade. Já que estava por lá, seria interessante conhecer um pouco mais a fundo a história da minha família.

Quando abri a lista telefônica na letra "M", vi páginas e mais páginas de Mason, Masson, Mazon, Mazzon, Mazzoni e todas as variações possíveis de meu sobrenome. Só depois que voltei ao Brasil, comentando esse fato com meu tio Oscar, irmão do meu pai, que era a pessoa que mais conhecia a história da nossa família, fiquei sabendo que meu sobrenome original era Mason e que Mazon foi um erro de registro no Brasil quando a família chegou ao Porto de Santos em 1892.

Além de Mazon, procurei os sobrenomes de meus outros avós, que são Baraldi, Maróstica e Furigo, e encontrei outras centenas de linhas com esses sobrenomes. Mas, ao ver aquela grande quantidade de sobrenomes relativos às minhas origens, concluí que não fazia sentido ligar para alguém, pois seria algo impessoal e aleatório. Somente o fato de eu estar na região de origem dos meus antepassados já me fazia feliz.

Voltei ao balcão da entrada e disse que não tinha utilizado o telefone, mas queria comprar um maço de cigarro. Era para dar de presente a meu avô, o Zé Barardi (José Baraldi), marido da Vó Ina (Angelina), pais da minha mãe, como uma lembrança da cidade onde seus pais viveram.

O Zé Barardi era uma pessoa muito simples, que trabalhou a vida inteira na lavoura, com nenhuma maldade no coração e incapaz de fazer mal a alguém. Como ele morava perto da casa dos meus pais, do outro lado da pracinha que havia em frente à nossa porta, sempre ajudava minha mãe quando ela precisava. Ele era tão bonzinho que às vezes parecia uma criança.

Já aposentado da lavoura, com a pele bem maltratada do sol, ele ficava procurando coisas para fazer e passar o tempo. Eu sempre o via varrendo a frente do mercadinho do meu pai e do tio Jota, seu filho. Ele limpava o depósito, separava frutas que estavam estragando na quitanda do mercadinho para pendurar na árvore da frente e alimentar os passarinhos. Também recolhia as caixas de papelão das mercadorias que eram expostas nas gôndolas para depois vender para cooperativas de reciclagem e ganhar um dinheiro extra para jogar bocha[27] ou baralho, tomar sua pinguinha e fumar seu cigarrinho. Cigarrinho o qual tinha fumado a vida inteira e que o médico tinha recentemente orientado a parar, o que o deixou muito deprimido, pois era uma coisa que ele fazia há uns 60 anos e de que gostava muito. Minha vó Ina ficava brava com ele, pois, depois disso, ele começou a fumar escondido, e eu sempre falava para ela:

— Vó, ele fumou a vida inteira e adora fumar. Agora que ele está velhinho vão tirar uma das coisas que ele mais gosta? Ele está ficando muito triste por causa disso e não é justo privá-lo de uma coisa que ele gosta muito.

Na época da juventude dele, o cigarro não era visto como um vilão como é hoje. Pelo contrário. Até a década de 1960, o cigarro era um produto social, e o ato de fumar estava relacionado a status e charme. Artistas, esportistas, personalidades e outros, em sua grande maioria, fumavam e ostentavam o cigarro quando apareciam na mídia. Além disso, a maioria dos galãs fumava nas cenas mais emblemáticas dos filmes. Havia propagandas maravilhosas das marcas e produtos, que eram os comerciais mais premiados e envolventes dessa geração. Quase todos os jovens e adolescentes da época do meu avô, e até do

[27] O bocha é um esporte da família dos jogos de bola, vinculado com boliche. Bocha, também chamado de *boccia*, é um jogo estratégico com uma linhagem antiga. Apesar de ter sido criado no Egito antigo, o bocha ganhou popularidade com os Romanos e o Imperador Augusto. O esporte consiste em lançar bochas (bolas) e situá-las o mais perto possível de um bolim (bola pequena), previamente lançado. O adversário, por sua vez, tentará situar as suas bolas mais perto ainda do bolim, ou "remover" as bolas dos seus oponentes.

meu pai, queriam ter um cigarro na mão pelo que aquele produto representava.

Somente em 1962 foi comprovado na Inglaterra que o cigarro fazia mal à saúde, e demorou mais alguns anos para as pessoas no Brasil receberem essa informação e aceitarem que ela era verdadeira, já que o estudo não era tão conclusivo e ainda não se falava diretamente da relação que o cigarro tinha com o câncer. Dessa forma, meu avô, que começou a fumar quando era adolescente, na década de 1930, e que adorava essa prática e não conseguia ficar sem (devido ao vício e à dependência da nicotina), com mais de 70 anos de idade, foi orientado por um médico a parar de fazer o que ele sempre fez e adorava. É natural que ele não tenha ficado muito feliz com essa situação.

Apesar de eu já ter experimentado e usado na época das festas de faculdade e até algumas vezes durante essa viagem pela Europa, nunca fui dependente e hoje em dia sou extremamente contra o cigarro e tudo que está envolvido. Naquela época, eu não achava certa a decisão médica e pressão familiar de proibir meu avô de fazer uma coisa que ele adorava, próximo ao final da vida.

A ideia de dar de presente um maço de cigarro comprado na cidade onde seus pais nasceram na Itália era para lhe dar o prazer de fumar um cigarro especial, com uma questão sentimental envolvida, sem nenhuma pressão de ninguém falando que ele não deveria fazer. O objetivo era que ele aproveitasse aquele presente e o momento dele.

E isso acabou sendo um momento mais do que especial para ele, para mim e minha vó.

Como disse, tinha uma pracinha em frente de casa, e eles gostavam de ficar sentados no banco da praça no fim da tarde. Depois que toda essa aventura na Europa passou, já em casa, eu cruzei a pracinha e fui até eles. Era final de tarde de um dia de semana e ficamos sentados conversando.

Já estava escurecendo e comecei a contar em detalhes sobre os dias que passei na Itália e mais detalhadamente sobre como era a cidade de Pádua. O Zé Barardi era o mais interessado em saber tudo, e eu disse:

— Inclusive, eu trouxe duas lembrancinhas pra vocês.

E entreguei a medalhinha do Papa para minha vó e o maço de cigarro para meu avô.

– Vô, esse cigarro eu comprei na cidade que seus pais nasceram. Sei que não faz bem fumar e que o senhor está parando, mas eu queria fumar um único cigarro, que eu comprei na sua terra natal, junto com o senhor. Talvez, se o senhor quiser, faça com que esse seja o seu último maço de cigarros e fume eles bem devagarinho para ficar com essa lembrança de seus pais.

E ele respondeu com aquela simplicidade toda:

— *Óia*! Vamos fumar, sim!

Olhei para minha vó, que estava sentada no meio, e perguntei se ela concordava, pois, como já comentei, ela era umas das mais preocupadas em tentar fazê-lo parar de fumar. Ela deu "ok" com a cabeça e perguntou:

— Você tem fósfiro?

Desse jeito mesmo. "Fósfiro". Era a coisa mais linda, eles falando.

Eu tinha uma caixinha no meu bolso, que havia levado para isso.

Ele abriu o maço com todo o cuidado, cheirou, pegou um cigarro e acendeu. Deu um ou dois tragos e passou para mim. Fiz o mesmo. Quando estava devolvendo para ele, para a minha surpresa, minha vó falou:

— Deixa eu provar também.

Ela pegou o cigarro da minha mão, toda sem jeito, colocou na boca, puxou e soltou a fumaça, dando para ver que, se não era a primeira vez que fumava, talvez tenha sido uma das poucas vezes que havia tentado.

Ela, que nunca gostou de cigarro. Ela, que sempre falava que cigarro era um desperdício de dinheiro, pois eles sempre viveram com pouco recursos. Ela, que lutou a vida inteira para meu avô parar de fumar. Ela, que foi quem mais se empenhou para que ele parasse.

Tudo isso pensando no bem do marido. Mas, naquele momento, teve a sensibilidade e percebeu o quão especial era aquilo para todos nós, por isso fez questão de fazer parte da forma mais linda, meiga e suave possível. Um dos momentos mais marcantes que pude ter com eles. Só nós e mais ninguém.

Esse momento acabou sendo um dos últimos instantes que tivemos juntos, pois o Zé Barardi se foi três meses depois, exatamente no dia do meu aniversário, quando eu completava 23 anos de idade, por um problema de aneurisma abdominal. Foi um momento triste, mas eu me sentia feliz por ter tido a chance de conviver com ele, sendo que muitos não têm nem a chance de conhecer seus avós. Estava mais agradecido por tê-lo tido em minha vida do que revoltado com sua partida.

Voltando a contar minha história em Pádua, saí do café sem ligar para ninguém e fui dar uma volta rápida pelo centro da cidade, somente para ver como era, mas logo já fui me informando qual era o caminho para sair da cidade. Em um posto de gasolina, consegui uma carona para Veneza, que fica a um pouco mais de meia hora de Pádua, onde passei a noite em um *camping* antes da ponte que dá acesso à cidade.

Mais um dia de turismo puro e nem preciso descrever o quão linda e impressionante é a cidade de Veneza, aquela ilha no mar adriático, um lugar sem carro, com canais de água cruzando a cidade, construções históricas e pessoas de todas as partes do mundo passeando e desfrutando daquele patrimônio da humanidade.

Depois de "turistar" por um dia, acordei na manhã seguinte pronto para seguir viagem rumo ao norte, porém, indo de Veneza para o norte, começam as cadeias de montanhas Dolomitas, que fazem parte do complexo de cadeias dos Alpes. Assim, em vez de pegar caronas em grandes estradas para chegar à Áustria ou à Alemanha, acabei me complicando e caindo em estradas secundárias no meio das montanhas.

Esse foi um momento complicado, pois eram caronas curtas, lugares ruins para estar na beira da estrada, com curva e sem acostamento, sem vilarejos e com poucas pessoas viajando longas distâncias, somente pequenos deslocamentos.

Eu já tinha encontrado o que eu havia ido buscar na Itália e a ideia era seguir, mas, na verdade, minha experiência com as pessoas, a cultura e a terra de meus antepassados estava apenas começando.

"Aproveite todas as oportunidades da tua vida, pois, quando elas passam, demoram muito tempo para voltar."

Paulo Coelho

CAPÍTULO 12

QUATRO PERGUNTAS

Meio perdido em vilarejos entre as montanhas italianas, a todo momento olhava para o mapa para tentar achar onde eu estava, no meio de pequenas estradas sinuosas e que nem sempre apareciam no mapa que levava comigo.

Esse foi o dia que, sem dúvida, eu peguei o maior número de caronas com as menores distâncias percorridas. Foi um dia inteiro para rodar menos que cem quilômetros e, às vezes, a percepção que eu tinha era a de que estava andando em círculos.

Entre inúmeras caronas que eu me lembro daquele dia, posso citar a com um agricultor que estava indo para sua chácara, um velhinho que ia visitar os netos no vilarejo vizinho, um tenista a caminho do treino em um clube próximo, um vendedor de bolsas de couro que estava viajando a negócios, mas ia parar para ficar o restante do dia na casa de sua tia, uma senhora indo pagar uma conta na prefeitura do vilarejo ao lado, entre outros.

Quando eu estava na região da cidade de Trento, peguei uma carona que me surpreendeu um pouco.

Como não estava andando grandes distâncias, achei um pedaço de papelão e fiz uma placa escrito "Germany" (Alemanha) para tentar mostrar para as pessoas que poderiam me dar carona por distâncias maiores. Saindo da Itália com destino à Alemanha, eu ainda teria que cruzar um pedaço da Áustria. Ou seja, eu estava desesperado para sair daquele lugar e ir o mais longe possível.

De Veneza a Bolzano, Itália

Em algum vilarejo da região de Trento, onde consegui identificar as ruas que me levariam a uma estrada rumo ao norte, parou um carro logo que ergui a placa. Era a minha chance de seguir para a Alemanha e, como o carro havia parado enquanto estava com a placa estampando meu destino, nem perguntei para onde estava indo.

Era um carro pequeno, simples e estava bem sujo do lado de fora, com espirros de barro pela lataria. Aparentava ser de alguém que vivia na zona rural.

Quando entrei, a motorista era uma moça morena de cabelos bem negros e lisos, pele clara, típica italiana, que me recebeu em seu carro com um sorriso. Parecia ser um pouco mais velha do que eu, não muito. Os dentes me chamaram atenção, pois era uma mulher muito bonita, mas, quando sorria, seus dentes não seguiam o mesmo padrão de beleza. Nem eram tão feios, mas destoavam da beleza do rosto e do corpo daquela mulher.

Nos cumprimentamos com gestos, então o carro começou a andar e ela aumentou o som e falou alguma coisa em italiano que não entendi.

Respondi que não falava italiano. Então, ela deu outro sorriso e continuamos a andar devagar por aquela pequena estrada de montanha. No carro, um som de instrumentos de sopro que lembrava um pouco a música sul-americana da região dos Andes. Combinava muito bem com a paisagem.

Ela começou a dançar com a cabeça, aparentando curtir bastante aquele momento e fez um comentário, dizendo que aquele som era muito bom.

Eu estava meio sem jeito dentro do carro, pois, às vezes, ela agia como se eu nem estivesse ali. Além disso, ela só olhava para mim algumas vezes e, quando o fazia, era com um sorriso bem suave e um olhar lindo, com olhos castanhos esverdeados.

Até que ela virou para mim e fez a primeira pergunta, já em inglês:

— Quantos anos você tem?

Respondi que tinha vinte e dois, e ela complementou, novamente com um sorriso:

— Tenho trinta! A diferença não é tão grande.

Passou algum tempo, e ela fez a segunda pergunta:

— Você tem namorada?

Respondi que não e logo veio o complemento dela, novamente com cara de malícia, dizendo que também não tinha. Fez um novo comentário sobre o som, dançou mais um pouco com a cabeça e fez a terceira pergunta:

— Você gosta de usar drogas?

Aquilo estava ficando estranho. Ela não sabia de onde eu era, não sabia o que estava fazendo e nem exatamente para onde eu ia. Muito estranho.

Pensei alguns segundos na situação e respondi:

— Não.

E ela complementou que antes ela usava de tudo. Até chegou a usar seringas em um momento mais extremo, mas que naquele momento só usava drogas leves, dizendo até que tinha um pequeno cultivo de folhas de maconha atrás da casa dela.

Depois daquele comentário, o silêncio entre nós continuou por mais alguns minutos.

Talvez pareça que essa história seja longa, como algumas caronas que demoraram sete horas, mas tudo isso aconteceu em poucos minutos. A música era a mesma de quando eu havia entrado no carro e tínhamos andado somente algumas centenas de metros.

Ela olhou novamente para mim e fez a quarta pergunta:

— Você quer transar comigo?

Me surpreendi.

Eu era um garoto de vinte e dois anos solto na Europa, sem compromisso, mas fui pego no susto e não tinha proteção nenhuma comigo, então perguntei para onde ela estava indo.

Ela respondeu que não tinha um destino e que estava rodando “por aí”.

Acabei pedindo para que ela parasse o carro e agradeci a carona (não devo ter andado mais do que cinco quilômetros). Com a mesma cara de quando eu entrei e com o mesmo sorriso no rosto, ela encostou, parou o carro para eu descer e disse:

— *Ciao!* — Ou "tchau", em português.

Acho que tomei a decisão correta, mas aquela pergunta seguiu em minha memória por um longo período.

Na verdade, até hoje fico imaginando como seria se eu simplesmente tivesse dito "sim".

"O maior de todos os pecados: o arrependimento".

Paulo Coelho

CAPÍTULO 13

O LENHADOR E O ESTUDANTE

Ainda na mesma estradinha sinuosa da região de Trento, já no meio da tarde, aguardava quem seria a décima ou décima primeira carona naquele dia. De repente, parou um senhor, que parecia ser lenhador, com uma caminhonete toda empoeirada e cheia de machados e serrotes na caçamba, lugar no qual joguei meu mochilão antes de me sentar no banco no passageiro.

No primeiro momento, observei que ele era um senhor muito forte, com a roupa toda suja, botas de couro grossas e um boné na cabeça. Em seguida, descobri que ele era de fato lenhador e só falava italiano. Minha primeira impressão era de que ele não era uma pessoa de muita conversa. Tentei dizer que estava indo rumo à Áustria, já que escureceria em breve e eu já tinha desistido de chegar até a Alemanha.

Meu pouco dinheiro em moeda italiana já havia acabado e eu queria sair da Itália o quanto antes. Estava a cerca de uma hora da fronteira com a Áustria.

Seguimos viagem sem muita conversa e entramos na autoestrada rumo ao norte. Bom sinal, pois, para sair do país, era uma reta só.

De repente, depois de poucos minutos, o lenhador deu sinal de seta e saiu da autoestrada, entrando em uma estrada de terra. Minha barriga gelou. Imaginei que ele ia cortar caminho ou passar em algum outro lugar. Era meio da tarde, o sol já estava se pondo atrás dos Alpes e a noite não tardava muito a chegar.

Para minha surpresa, ele parou a caminhonete em uma casa rural, olhou para mim e disse:

— *Casa mia. Fine!*

Como se dissesse: eu cheguei na minha casa, pode descer e se virar.

Aquele não era meu dia de sorte. Depois de dez caronas ou mais e de ter avançado muito pouco, peguei carona com um lenhador que me deixou no meio do nada, no começo da noite e com a temperatura começando a cair.

Peguei minha mochila na parte de trás da caminhonete, agradeci a carona com uma cara de poucos amigos e saí da propriedade.

Já olhava ao redor para ver onde ia armar minha barraca, mesmo sem saber onde estava e para qual direção devia ir. Escutei latidos de cachorro e achei que tinha "me ferrado", para não dizer outra coisa...

Caminhei pela estrada de terra sem saber para onde ir. Depois de alguns minutos, um único carro apareceu vindo em minha direção. Fiz gestos de desesperado para que ele parasse e quase me joguei na frente do veículo. Se não conseguisse carona com aquele carro, dificilmente conseguiria com outro.

Ele parou!

Era o Piccoli, um estudante de Engenharia Civil que fazia faculdade em Pádua e estava voltando para casa para visitar seus pais em uma cidade chamada Bolzano. Dirigia por lá para cortar um trecho de pedágio da autoestrada e parou porque disse que já tinha feito muita carona durante a faculdade até comprar o próprio carro, mas disse que relutou por alguns segundos, pois não era normal alguém pedir carona naquele local.

Ufa! Ele me salvou daquela situação e, apesar de também só falar italiano, foi o único daquele dia que se preocupou em entender o que eu dizia e a falar devagar, o que foi o suficiente para nos entendermos.

Já era noite e perguntei para Piccoli se a cidade de Bolzano tinha algum *camping* onde eu pudesse ficar. Ele disse que não conhecia muitos, mas iria me levar em um lugar para consultar se eles poderiam me ajudar.

Paramos em frente a uma casa, ele me convidou para entrar, deu um beijo em uma senhora que parecia ser sua mãe, logo depois outro beijo e um abraço em seu pai e me apresentou a sua família.

Vi a sala, a cozinha, os quartos e, quando chegamos nos fundos, em um quintal grande e com gramado bem aparado, ele disse:

— *Camping!*

Aquilo foi como uma recompensa por tudo que havia dado de errado no dia.

Já de noite, enquanto eu terminava de armar minha barraca no quintal e quando a temperatura já se aproximava dos 20 graus, ele me chamou para dentro para tomar um banho quente e para que eu ajudasse no preparo de um espaguete.

Eles me acolheram com muita alegria, pois eu havia falado das raízes de minha família, da visita que fiz a Pádua e de outras familiaridades. Eles até diziam que eu já era considerado italiano da família, tudo em meio a brindes com vinho, risada e muita *pasta*. Comi tanto que fiquei envergonhado, mas estava faminto, após passar o dia todo na beira da estrada sem comida praticamente o dia inteiro.

Durante o jantar, eles comentaram que um primo, ou um tio, estava precisando de gente para ajudar na colheita de maçã e pagava-se muito bem pela hora trabalhada. Perguntei os detalhes de como seria e aceitei na hora, pois precisava de dinheiro. Apesar de gastar somente com comida e hospedagem nos *campings* mais baratos que encontrava no caminho, essa ida à Itália, apesar de curta, fez com que eu gastasse mais do que tinha planejado. E, aparentemente, eu não teria gastos dormindo no quintal da casa deles e pensei em comer as maçãs para me alimentar naqueles dias.

Depois do jantar, eles me convidaram para dar uma volta à noite para me mostrar a cidade de Bolzano e o centrinho movimentado.

Entramos em alguns bares, enquanto eles me explicavam, pausadamente e com calma, toda a história daquela região que pertencia à Áustria, com arquitetura alemã e maioria de habitantes falantes de alemão, e que foi invadida pela Itália na época da Primeira Guerra Mundial.

Foi uma noite muito agradável e acolhedora, semelhante àquela que tive com o senhor Benjamin, na Espanha.

Voltando para a casa deles, eu já me despedia para ir aos "meus aposentos" no fundo do quintal, quando Piccoli ofereceu:

— *È freddo. Puoi dormire dentro.*

Algo como "está frio e você pode dormir dentro da casa".

Dormi igual a uma pedra e, às cinco e meia da manhã, já estava acordado a caminho da colheita de maçã, com um reforçado café da manhã e um sanduíche de atum e salada para o almoço, que já estava preparado pela mãe de Piccoli logo cedo.

Fiquei somente dois dias colhendo maçãs, uma experiência diferente, apesar de muito cansativa. Como era uma propriedade relativamente pequena, em um terreno inclinado, muitas coisas precisavam ser feitas manualmente. Se bem que, como eu era o iniciante da turma, o trabalho braçal e pesado era feito pelos mais fortes e experientes, como carregar as caixas cheias de maçãs para dentro do caminhão. Eu basicamente colhia e as arrumava nas caixas.

Esses dias se passaram muito rápido. No primeiro, recebi todo o acolhimento daquela família; no segundo e terceiro dias, saía muito cedo e voltava cansado do trabalho, indo cedo para a cama. No quarto dia, como estava exausto, acabei dormindo até mais tarde. Tomei café da manhã já quase na hora do almoço e me deixaram em um posto de gasolina para seguir viagem.

Agradeci toda a família pela ajuda e segui em busca de caronas, agora com um dinheiro a mais no bolso.

Não demorou para pegar uma de Bolzano até a Innsbruck, na Áustria.

A beleza do lugar me deixou de queixo caído. Era uma cidadezinha no meio dos Alpes suíços, onde tive a sensação de estar na cidade mais linda em que eu já tinha estado em toda minha vida.

O lugar parecia um conto de fadas, com montanhas gigantescas, casinhas de arquitetura alemã e um riozinho de águas cristalinas cruzando a cidade. Resolvi parar e visitar.

Era início da tarde quando começou a garoar. Entrei no centro de visitação turística para ver os lugares da região. Nas paredes, diversos monitores de televisão mostravam vídeos diferentes de pessoas caminhando pelas montanhas em lugares maravilhosos.

Na verdade, eu achava que eram vídeos gravados, pois estava garoando na cidade e aquelas imagens eram todas com sol. Pensei comigo mesmo que era muito azar passar meu único dia no lugar com um tempo chuvoso como aquele.

Foi então que escutei um grupo de turistas espanhóis falando que queria comprar o ticket para ir em um daqueles lugares que passavam na televisão. Achei estranho e perguntei:

— Acham que vale a pena ir mesmo com chuva?

E uma menina respondeu:

— Mas lá não está chovendo. Esse lugar fica acima das nuvens.

Só nesse momento percebi que não eram vídeos gravados, mas câmeras ao vivo, instaladas no alto das montanhas, mostrando a movimentação em tempo real.

Fui até a recepção e comprei tickets para o teleférico e o trenzinho que subiam até o topo das montanhas. Acabei indo com o grupo de espanhóis.

Havia uma chuva fina e constante na cidade, que estava coberta por nuvens e névoa. Conforme subíamos com o teleférico e atravessávamos as nuvens, o sol forte e brilhante revelava um lugar ainda mais maravilhoso.

As nuvens estavam baixas, como se estivessem no nível médio das montanhas, ou seja, de cima, era possível ver toda a beleza da paisagem com um "chão de algodão" formado pelas nuvens que se estendiam até o infinito.

Aquela foi a primeira vez em que fiquei muito impressionado com a beleza natural de um lugar. Só tive novamente essa sensação vários anos depois, quando visitei o Rio de Janeiro, as Ilhas Gregas e a Capadócia na Turquia. Tenho esses quatro lugares como os mais naturalmente lindos que visitei na vida.

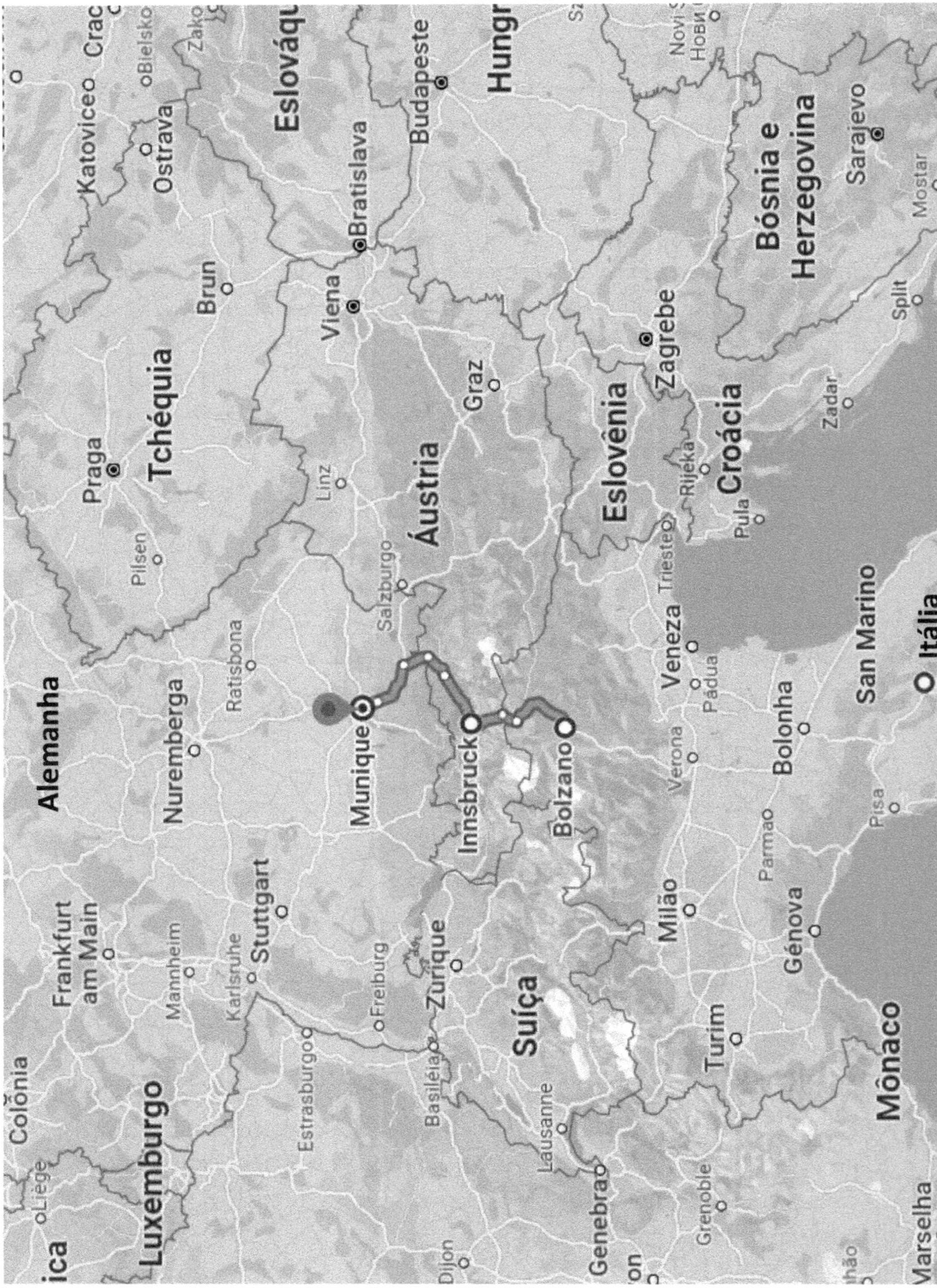

De Bolzano, Itália, até Munique, Alemanha, cruzando a Áustria através de Innsbruck

Descendo das montanhas, peguei carona com os espanhóis para Munique. O destino deles era uma festa que acontecia por lá e pela qual não me interessei muito, pois estava cansado e queria seguir viagem no dia seguinte logo pela manhã.

Planejava visitar rapidamente o Mathieu, meu amigo belga que já tinha voltado para casa. Depois, seguiria viagem para Inglaterra.

Com os espanhóis, saímos de Innsbruck, na Áustria, e seguimos para Munique, na Alemanha, em uma viagem de apenas duas horas. Eles iam ficar em um hotel, então pedi que me deixassem em algum *camping*.

Já era noite e, na recepção do *camping*, falei que queria ficar apenas uma noite. Eles me falaram que havia poucos lugares disponíveis e me passaram o preço. Levei um susto. Nunca tinha visto um *camping* tão caro durante toda a viagem. E nem havia estrutura que justificasse o preço alto. Era um terreno com um grande gramado e um banheiro comunitário central. Nada demais.

Achei aquele preço um absurdo e perguntei:

— Por que tão caro assim para passar uma única noite em uma barraca no meio do gramado?

E a mulher me respondeu:

— Está incluso o transporte de ida e volta para a Oktoberfest e um litro de chope na festa.

Surpreso com a notícia, perguntei para confirmar:

— Você falou Oktoberfest? A original, maior e mais famosa festa de cerveja do mundo? Mas ainda estamos em setembro[28].

---

[28] A Oktoberfest é um festival de cerveja originado em Munique, no estado da Bavaria, Alemanha. Foi criado pelo rei bávaro Luís I para celebrar o seu casamento em 1810. A Oktoberfest é frequentada anualmente por seis milhões de visitantes de todo o mundo e se inicia, desde 1872, sempre no sábado depois do 15 de setembro. Termina no primeiro domingo de outubro. Em alemão, "Oktober" significa outubro e "Fest", festa ou festival, portanto a Oktoberfest é a "Festa de Outubro". A motivação para realizar a maior parte da festa em Setembro está relacionada ao clima alemão, pois as noites são mais quentes e isso permitia que o público visitasse os jardins onde era hospedada a festa.

E ela respondeu com um sorriso:

— Bem-vindo à terra da cerveja!

Fim dessa história: você se lembra do dinheiro que eu ganhei colhendo maçãs? Pois é, essa tal de Oktoberfest acabou me tirando quase todo ele.

"Em algum lugar alguma coisa incrível
está esperando para ser conhecida."

Carl Sagan

CAPÍTULO 14

TROCANDO DIAS PELAS NOITES

Algo inesperado acabou acontecendo nos quatro dias seguintes, ou melhor dizendo, quatro noites.

Estava claro em minha mente que precisava cruzar a Alemanha o mais rápido possível para chegar à Inglaterra. Mas antes, queria passar para dar um "oi" para meu amigo Mathieu, sendo que a última informação que eu tinha sobre ele, ainda da época em que estava em Lisboa, era a de que ele morava com os pais em Liége, na Bélgica, que ficava no caminho. Na sequência, eu precisava cruzar o Canal da Mancha para chegar em Londres e tentar arrumar um trabalho e estudar inglês nos dois meses e alguns semanas que havia pela frente antes de meu retorno para o Brasil, marcado para um pouco antes das festas de fim de ano.

Já era fim de setembro. Eu tinha que correr contra o tempo.

A primeira coisa inesperada foi, como comentado no capítulo anterior, chegar a Munique na semana de início da Oktoberfest, o que fez com que o meu plano de cruzar a Alemanha o mais rápido possível fosse deixada de lado.

A Oktoberfest de Munique é considerada a maior festa de cerveja do mundo e eu tinha que conhecê-la. Já tinha escutado muitas coisas sobre a Oktoberfest no Brasil, em Blumenau, Santa Catarina, mas não tinha ideia de como era a festa original de Munique.

Em Munique, a festa é realizada em um recinto muito grande onde há diversas atrações externas, com barracas para alimentação, parque de diversões, exposições e os famosos cinco pavilhões de cerveja, três deles gigantescos, com mesas de madeira, uma do lado da outra, capazes de acomodar grupos de dez a 15 pessoas. Em cada pavilhão, havia um palco central suspenso, onde bandas tocavam música típica alemã.

Me sentei à mesa junto com o pessoal do translado do *camping*, que fui conhecendo aos poucos no caminho. Havia pessoas de várias nacionalidades, todas empolgadas e alegres, sendo em sua maioria europeus.

Já dentro dos pavilhões na Oktoberfest, sentado e com minha caneca de chope de litro nas mãos, confesso que achei tudo meio estranho. Todos estavam muito comportados para uma festa tão famosa mundialmente. A princípio, fiquei decepcionado.

Dentro de cada pavilhão havia uma multidão de pessoas, gente por todos os lados, famílias e jovens de vários países e estilos, sendo que alguns estavam vestidos com as roupas típicas alemãs: os homens com chapéu verde, bermuda, meias brancas e suspensório; e as mulheres com um vestido que tinha a parte de cima bem justa ao corpo e uma saia rodada. Todos ficavam sentados, conversando, escutando música e bebendo chope. Era como se fosse um bar gigante.

Por eu ter a cultura do Carnaval e das festas brasileiras, achei aquele ambiente muito comportado, mas estava gostando de escutar histórias diferentes das pessoas que havia acabado de conhecer.

Estávamos em aproximadamente quinze pessoas em nossa mesa, homens e mulheres. Papo bacana, chope, risadas, outro chope, troca de lugares na mesa para escutar a história que o tcheco engraçado estava contando, mais chope, salsicha com chucrute que alguém havia pedido para compartilhar, as meninas mudando de lugares para conversar com quem elas preferiam, chope e mais chope...

Em algum momento, que eu não consigo identificar exatamente na linha do tempo daquela noite, o que era um lugar com pessoas sentadas conversando e tomando chopp se transformou em um ambiente menos comportado, digamos dessa forma. Todas as milhares de pessoas que estavam no pavilhão, bebendo há horas, já estavam bem "alegres".

A banda começou a tocar músicas em um ritmo mais animado e acelerado e alguns subiram nas mesas de madeira para dançar. Uma minoria continuava sentada e a interação com as mesas ao lado começava a acontecer. Aquilo se estendeu por toda a noite e o verdadeiro significado de festa realmente apareceu.

Os grupos começavam a se misturar, as pessoas continuavam a beber e muitos dançavam ao redor da mesa, sobre a mesa ou junto com a banda no palco. A diversão seguiu noite adentro. Quando percebi, já estava amanhecendo e a festa continuava, com bem menos gente, mas com aqueles "guerreiros" e "guerreiras" que sempre são os últimos a irem embora. Eu, por exemplo.

Me despedi de quem ainda estava por perto e peguei o microônibus, que saía de meia em meia para o *camping*. Desci do microônibus e já estava claro, de dia. Fui até onde estava minha barraca, a desarmei, peguei minha mochila e fui em direção a uma grande avenida que ia sentido a uma autoestrada. Isso tudo sem dormir e ainda com o efeito de todos os inúmeros chopes que havia tomado. Ou seja, com os reflexos baixos e bêbedo, relembrando e dando risada de coisas que aconteceram na festa.

Eu poderia ter chegado ao *camping* e dormido o dia inteiro, e era exatamente o que o meu corpo pedia. Mas eu tinha pressa, e o pouco pensamento racional que ainda restava naquele momento foi mais forte e me fez seguir em frente.

Tive muita sorte de pegar algumas caronas longas nesse dia. Confesso que não me lembro muito bem das pessoas, pois a maior parte do tempo eu dormia sentado no banco dos carros.

A reação das pessoas que me deram carona nesse dia não era das melhores quando eu me despedia, pois eu estava tão cansado e com sono que, quando começavam a conversar, eu fechava os olhos e dormia. Sem chances de iniciar uma conversa, pois meu corpo não permitia, principalmente na primeira carona, na qual eu ainda estava cheirando a cerveja e enrolando a língua para falar. Eu acho até que a primeira carona parou antes do lugar que ele havia comentado que iria, mas só notei isso depois.

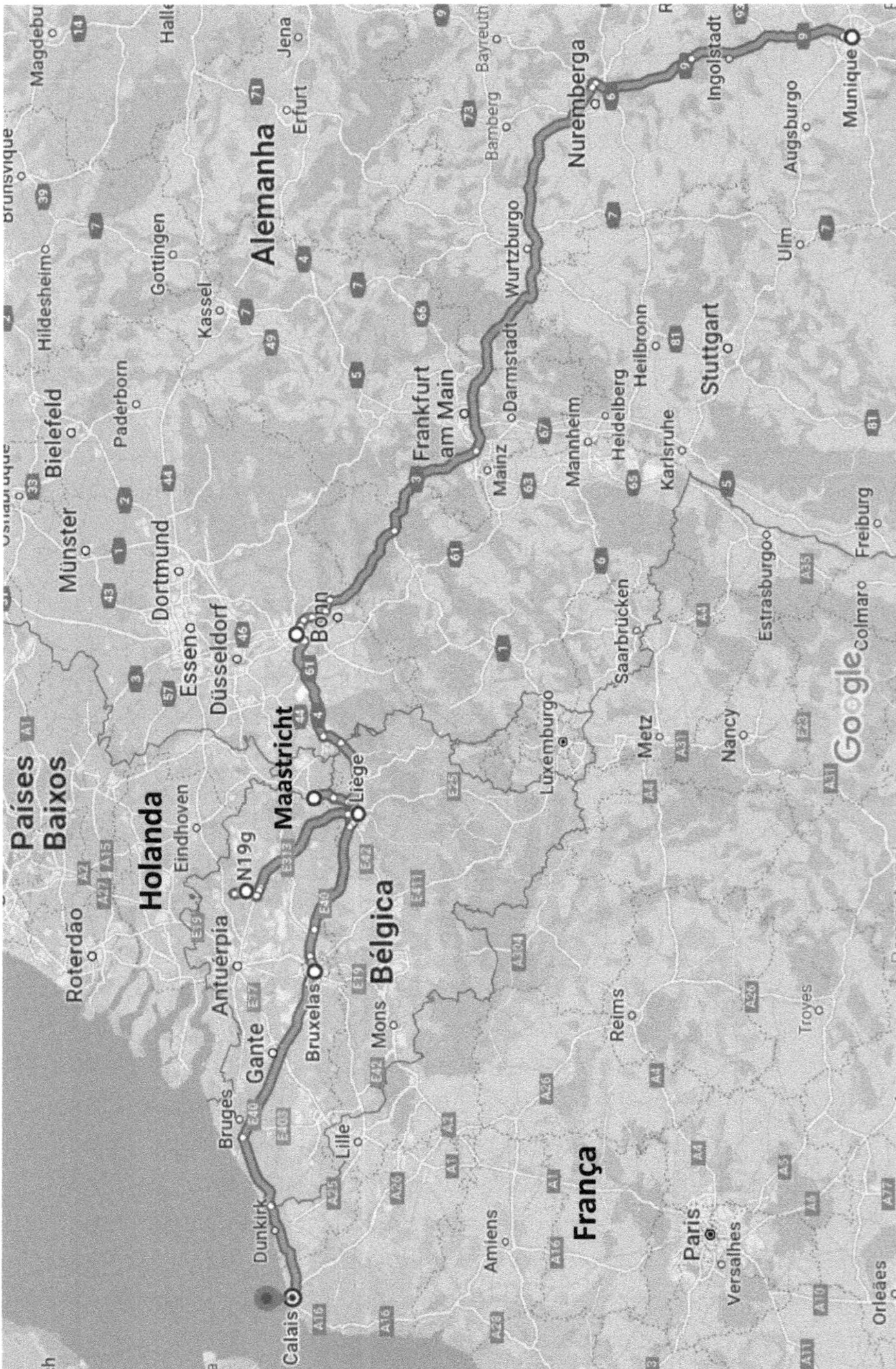

De Munique, Alemanha, passando por Liége e pela região flamenca da Bélgica, por Maastricht, Holanda, e chegando até o porto de Calais, França

Algumas caronas aconteceram na sequência. Seis horas depois, percorrendo as famosas estradas alemãs, muitas delas sem limite de velocidade, cheguei à cidade de Colônia, que fica a uma hora e meia de Liége, na Bélgica.

Havia quase cruzado todo o lado oeste da Alemanha nesse dia. A viagem foi proveitosa, mas ainda queria muito chegar à casa do Mathieu, comer algo e descansar em uma cama.

Como a minha última carona havia me deixado em uma estação de trem em Colônia, tentei ligar para ele a fim de avisar que chegaria naquela noite, além de pedir dicas de qual trem pegar, pois tinha visto que um trem para Liége sairia praticamente o mesmo preço de um *camping* ou albergue e não aguentava mais pedir carona. Tentei ligar várias vezes, mas ninguém atendeu.

Fiquei horas tentando, ainda na estação, sem ter resposta. O tempo estava passando e começou a escurecer, então resolvi comprar um bilhete de trem sentido Liége, sem nem mesmo ter certeza de qual era a melhor estação para descer ou se ele estaria em casa.

No guichê de venda, as informações estavam escritas em alemão. Não sei se eu não soube me expressar no guichê, se interpretei errado o funcionário que me atendeu ou se comprei um bilhete pensando erroneamente que iria para Liége.

Eu achava que estava indo para perto da casa do Mathieu. Como já tinha atravessado a Europa de carona, caso tivesse me equivocado, estava certo de que encontraria uma forma de encontrar meu destino em um país tão pequeno como a Bélgica[29]. O resultado da compra desse bilhete foi uma completa confusão, pois eu fui parar em uma região da Bélgica em que o idioma falado é o holandês, ou neerlandês, no norte do país.

---

[29] A Bélgica tem uma área de 30.528 quilômetros quadrados, uma área semelhante ao segundo menor estado do Brasil, Alagoas, com 27.843 quilômetros quadrados. O menor estado do Brasil é Sergipe, com 21.925 quilômetros quadrados.

Esse trem avançava devagar e parava muitas vezes. As placas das estações estavam em alemão, depois em francês e então em flamengo. Eu não entendia nada e, quando tentava falar com alguém próximo ao meu assento, ninguém me entendia.

Já estava tarde, não tinha conseguido contato com o Mathieu, não sabia onde eu estava, pois o mapa que eu tinha era pouco detalhado e não havia nenhum dos nomes daquelas estações nas quais parávamos. Eu só tinha em minhas mãos o bilhete escrito Liége.

Como não consegui ajuda com as pessoas dentro do trem, resolvi descer para perguntar no guichê da estação seguinte e, mais uma vez, não consegui me comunicar. Eles não me entendiam, e eu não os entendia. Mostrava meu bilhete e só recebia sinal de negativo. Aquela não era uma região turística e o inglês, português ou espanhol não eram entendidos por ninguém.

Desesperador! Era noite. Eu estava cansado, com fome e perdido.

Depois de andar de um lado para outro na estação, consegui conversar com uma pessoa que viu meu bilhete e disse algo sobre o trem 43.

Vi uma placa, esperei na plataforma e entrei.

Depois de meia hora dentro do trem em movimento, apareceu um fiscal para ver meu bilhete e disse que estava errado e eu teria que descer.

Os trens na Europa, como alguns metrôs e ônibus, não possuem catraca para entrar, tampouco uma fiscalização rígida das pessoas que embarcam, assim, ocasionalmente, aparece um fiscal que pode inclusive aplicar uma multa, como aconteceu comigo no metrô de Lisboa. Mas não foi o caso, pois ele percebeu que eu realmente estava perdido e pediu apenas para eu descer, sem oferecer nenhuma ajuda ou orientação. Foi o que eu fiz, rapidamente, para não ter mais problemas.

Desci na estação seguinte, conforme orientado, ainda sem saber muito bem onde estava, porém consegui me comunicar com um senhor que era espanhol e morava na Bélgica e que me esclareceu tudo.

Resumindo, eu havia comprado um bilhete de trem mais econômico e que, ao invés de ir direto de Colônia para Liége, parava em vários lugares. Por descuido, nas estações dentro da cidade de Liége, onde eu poderia descer em qualquer uma, não desci e segui viagem para o norte. Nas paradas estavam escritos os nomes das estações e não o nome da cidade de Liége. Foi nesse momento que toda a confusão começou, pois eu não sabia mais para onde estava indo, nem se precisava retornar ou ir para outra direção.

Ou seja, se minha noite anterior tinha sido de festa e curtição, essa foi de sofrimento e desespero, pois fiquei a noite inteira rodando de trem na Bélgica e só consegui chegar a Liége no final da madrugada, ainda escuro. Ainda precisei caminhar por vários quarteirões até a casa do Mathieu.

Cheguei ao endereço que tinha anotado e, como ainda não tinha amanhecido, sentei-me na sarjeta em frente à casa para esperar o sol nascer e tocar a campainha.

Não havia calçada, apenas a rua, a sarjeta, um gramado e a casinha, sem muros ou cercas. O bairro também era muito bonito. Como eu estava cansado, sentado na sarjeta com meu mochilão ao lado, deitei-me na grama para ficar um pouco mais confortável e acabei pegando no sono.

Ainda não havia dormido naquela noite, pois tive que ficar atento às estações pelas quais ia passando. Só acordei com o barulho das pessoas passando na rua, já com o sol batendo em meu rosto.

Uma das pessoas que estava passando me viu e disse algo em francês que não me deixou muito contente:

— *Bonjour. La famille France est en vacances.*

Não foi difícil de traduzir, pois *bonjour* é o famoso "bom dia" em francês. O sobrenome do Mathieu era France e *vacaciones*, em espanhol, significa "férias", então concluí que *vacances*, em francês, significava o mesmo.

Me levantei rápido e fui correndo apertar a companhia para confirmar se não havia ninguém. Apertei a campainha várias vezes, e ninguém atendeu.

A vizinhança já tinha notado minha presença no bairro, pois não é normal alguém dormir na grama na frente da casa das pessoas, ainda mais em um bairro todo bonito e organizado.

A vizinha do lado esquerdo, uma velhinha que estava acompanhando pela janela todo o movimento, saiu de sua casa e veio falar comigo.

Com um pouco de receio no início, mas muito simpática, devagarzinho, conseguimos nos comunicar e eu expliquei que precisava falar com o Mathieu, que era amigo dele e que estudámos juntos em Lisboa. Ela repetiu que os France estavam de férias, mas disse que ia tentar entrar em contato com os filhos do casal France e voltou para a casa dela.

Quinze minutos depois, apareceu o irmão do Mathieu. Agindo como se me conhecesse há anos, ele disse que tinha ouvido várias histórias sobre os brasileiros que o irmão dele havia conhecido em Lisboa.

— Se você é amigo do meu irmão, é meu amigo também — disse.

Uma figura, parecido com o irmão, que é uma das pessoas mais engraçadas e malucas que conheci em minha vida.

O Mathieu era bem alto, uns dois metros de altura, magro, com cabelo liso e loiro, estilo surfista, mas já começava a ter um pouco de calvície mesmo jovem. Ele era surfista mesmo. Quando eu e o Marião fomos àquela aventura no Marrocos, contamos tudo na volta a Portugal e ele resolveu fazer uma viagem parecida, mas para o litoral do país africano, com o objetivo de surfar, porém com muito mais cuidado e preparação para não ter os imprevistos que tivemos.

Já o irmão dele era mais baixo e tinha cabelos castanhos. Bem diferente fisicamente, mas com a mesma espontaneidade e simpatia. Toda hora tentava falar frases de duplo sentido, que na maioria das vezes eu nem entendia por causa do meu inglês básico, mas conseguimos nos comunicar e nos demos muito bem logo de cara. Ele era muito gente boa.

O irmão do Mathieu confirmou que seus pais estavam de férias, mas os filhos não moravam mais naquela casa. Ele disse também que tinha que resolver umas coisas em Liége e, mais tarde, teria que ir à festa do início do ano letivo da Universidade de Bruxelas para a recepção dos novos alunos. Ele era presidente do Centro Acadêmico[30] e me chamou para ir com ele.

Ele ligou para o Mathieu, que disse que iria nos encontrar só no dia seguinte, pois estava trabalhando na montagem de sua livraria em Bruxelas e teria que receber o pessoal da marcenaria à noite.

Com isso, minha única opção era ir à festa em Bruxelas com seu irmão.

Enquanto ele resolvia suas coisas em Liége, eu esperava dentro do carro e dava umas cochiladas quando conseguia. No final da tarde, chegamos ao seu apartamento em Bruxelas. Era uma república onde também moravam dois outros estudantes, e assim começamos "o esquenta" para a festa que começaria mais tarde. Quando chegamos, já estávamos todos alterados.

Só no momento em que entrei, fui perceber que não era uma simples festa como imaginava, era uma megafesta, a maior e mais importante do ano para eles.

Era a festa de abertura do ano letivo com muita música, dança, bebida e muita mulher bonita. Era a noite do trote[31] nos calouros, cujos veteranos não pegavam nada leve.

Eu particularmente sempre gostei de trote de faculdade, tanto de receber quanto de aplicar. No meus primeiros dois anos de faculdade, eu me aproximei e fiz grandes amigos durante o evento. Mas é muito discutível o que é um trote saudável, aceitável ou até mesmo adequado. Cada um tem sua forma de pensar, suas particularidades e desejos e

---

[30] Um centro acadêmico é uma entidade estudantil que representa os estudantes de um curso de nível superior, sem fins lucrativos.

[31] O trote universitário é uma espécie de ritual de iniciação dos calouros, ou seja, dos estudantes que, por terem sido aprovados no vestibular, ingressaram no ensino superior. Esse tradicional ritual de iniciação é às vezes marcado por atividades nas quais os veteranos submetem os calouros a situações humilhantes, degradantes e, por vezes, violentas, diferentes de um pressuposto ritual de acolhida e integração.

não podemos exigir que alguém faça algo, mesmo sendo brincadeira, somente pelo fato de ser um calouro na faculdade.

Hoje em dia essa prática é proibida no Brasil. No passado, alguns trotes não acabaram muito bem para a saúde dos calouros por conta dos exageros de veteranos que não tinham noção de limite, ou perdiam essa noção quando bebiam.

Posso, inclusive, dar um exemplo. Naquela noite, fiquei chocado. Quando olhei para o lado, vi um calouro completamente nu, tomando cerveja e conversando com outras pessoas vestidas. Perguntei para o irmão do Mathieu o porquê daquilo, e ele respondeu na maior tranquilidade:

— É um calouro.

Aquilo fazia parte do trote. Minutos depois, esse mesmo calouro nu se uniu a um "trenzinho" de pessoas nuas, todos homens.

Eles estavam unidos pelas mãos, porém não de mãos dadas da forma tradicional, como em uma roda ou fila, mas, sim, curvados, com o braço esquerdo entre as próprias pernas, enquanto a pessoa de trás pegava a mão da pessoa da frente com sua mão direita, e assim seguia, um atrás do outro, como se fosse uma "fila de elefantes" (tromba do elefante de trás segurando no rabo do elefante da frente). Ou seja, a bunda nua da pessoa da frente ficava na altura do rosto da pessoa de trás, e eles tinham que andar pela festa nesse "trenzinho". Trote pesado demais, mas aparentemente normal para todos que estavam ali, pois notei que quase ninguém se impressionava, apenas olhavam e continuavam a conversar e a beber em suas rodas de amigos.

Essa noite terminou com todos muito bêbados, pois, além da bebida consumida na república, o irmão do Mathieu tinha comprado muita cerveja para todos na festa. Como estava pagando, às vezes fazia todos virarem o copo em um único gole, com o famoso grito em espanhol:

— *Arriba, abajo, al centro y adentro.*

Que traduzindo para o português seria: "Os copos para cima, para baixo, para o centro (todos brindavam) e para dentro (todos bebiam a bebida do copo de uma única vez)".

Pela terceira noite seguida, acabei ficando acordado até amanhecer e confesso que não me lembro dos detalhes dessa festa, mas sei que acordei no dia seguinte, melhor dizendo, na tarde do dia seguinte com um relógio no pulso. Até hoje não faço ideia de como isso aconteceu, pois eu não tinha relógio.

O irmão do Mathieu, eu e os outros dois que moravam na república dormimos praticamente o dia inteiro. Foi o Mathieu quem nos acordou.

Ele chegou com um sorriso grande no rosto, cantando refrões de música brasileira e dançando sem muito jeito, dando um pulo em cima de mim.

Rimos por um bom tempo, tentando lembrar tudo que havia acontecido naquela noite, sendo que metade das coisas que eles falavam eu não me lembrava, e ninguém sabia explicar o que aquele relógio estava fazendo no meu braço.

Logo depois o Mathieu já foi dizendo para todos:

— Vocês devem estar com fome, eu trouxe pão.

Olhou para mim e disse em português:

— Vamos fazer um lanche que hoje à noite vamos a um *coffeeshop*[32] em Maastricht, na Holanda.

Tive aqueles segundos de pensamento comigo mesmo: "Caramba, sair de novo? Em um *coffeeshop* holandês ainda por cima? Não sei se aguento."

Mas, seria a única noite que eu passaria com o Mathieu, já que no dia seguinte já seguiria viagem. Além disso, o fato de irmos a um *coffeeshop*, na Holanda, me deixou curioso e fez com que eu me animasse novamente. Eu tinha ouvido muitas histórias sobre esses bares holandeses.

---

[32] Os *coffeeshops* são atrações turística na Holanda, sendo ambientes decorados de forma inusitadas com venda e consumo de comida e bebidas, mas com foco principal na venda de produtos feitos à base de *cannabis* além de aparelhos destinados ao consumo da erva, como cachimbos, *bongs* e papéis para confeccionar cigarros. Todos são devidamente licenciados pelo governo e com regras específicas de consumo e uso.

Desci para dar um passeio a pé com o Mathieu por Bruxelas e logo que escureceu fomos para a Holanda. O Mathieu havia dito que tinha hora para chegar e que ficava dentro de um barco ancorado no rio da cidade.

Achei que tinha que chegar cedo porque lotava e havia o risco de não conseguir entrar já que, segundo seus comentários, era um *coffeeshop* famoso e procurado, além do fato de ser dentro de um barco, o que o tornava ainda mais inusitado e diferente.

Maastricht fica a apenas uma hora e meia de Bruxelas, e realmente aquele bar era um lugar totalmente diferente de tudo que eu tinha visto. Era um barco ancorado mesmo, mas todo estruturado, decorado e transformado em um bar. Havia fila na entrada e, alguns minutos depois de chegarmos e nos sentarmos, o ambiente já estava completamente lotado e com todas as mesas ocupadas.

Éramos eu, o Mathieu e seu irmão. Ficamos por algumas horas conversando, consumindo os produtos e dando muita risada. Além de serem dois caras muito engraçados, o ambiente e tudo relacionado àquele lugar também proporcionavam gargalhadas. Estava muito divertido.

Em um certo momento, notei que algo estava diferente e tive uma sensação estranha, como se não houvesse chão sob meus pés, ou como se a mesa à qual estávamos sentados não estivesse firme no chão, além de uma pequena e leve sensação de tontura ou desequilíbrio.

Olhei para a janela, vi que as luzes da cidade estavam se mexendo e perguntei:

— Vocês estão sentindo isso?

— Isso o quê? — perguntou o Mathieu.

— Não sei, tenho a impressão de que tudo está mexendo, estou meio zonzo.

Eles começaram a dar gargalhadas e não paravam. Eu ria também, mas não sabia o motivo. Só alguns segundos depois percebi que o barco estava literalmente em movimento, e esse era o motivo daquela sensação.

Eu não esperava por isso, achava que era apenas um barco/bar ancorado, e então notei que o real motivo de ter que chegar e entrar na hora marcada era porque esse barco sairia para navegar pelo rio com seus clientes e obviamente não entraria e nem sairia ninguém durante o passeio.

Inesperado e surpreendente.

Uma viagem, em todos os sentidos.

Não sei muito bem para onde esse barco navegou, mas voltou ao local de origem algum tempo depois, e todos se levantaram para sair. Uma grande quantidade de pessoas já aguardava do lado de fora para entrar para o próximo turno.

Saímos com muita fome, e assim como muitos outros, paramos em um trailer de rua para comer um hambúrguer. Aquele trailer estava em um lugar estratégico para receber as pessoas que saíam do *coffeeshop* com “larica”. No barco, havia apenas petiscos e todos muito caros.

Depois de devorarmos o hambúrguer, a volta para Bruxelas pareceu-me interminável. Na minha cabeça, essa uma hora e meia de estrada durou horas e horas.

O Mathieu deixou seu irmão na república dele, me despedi, e seguimos em direção à sua casa, que ficava mais afastada, fora da região central de Bruxelas.

Era noite de lua cheia e, mesmo assim, dava para notar que estávamos em uma região rural, com chácaras e montanhas. Era um lugar incrivelmente bonito.

E as surpresas daquela noite não pararam por aí. Assim que ele estacionou o carro, olhou para mim e disse:

— Me segue, só tome cuidado com o Dragão.

Dei um sorriso como quem não havia entendido, porém era esperado escutar esse tipo de frase vinda do Mathieu. Ele sempre falava coisas relacionadas a extraterrestres, super-heróis, sereias, lugares mágicos, animais misteriosos, entre outras coisas.

Assim que desci do carro, fiquei surpreso com o que vi: um castelo!

Isso mesmo, um castelo medieval de pedra, enorme, com torres e janelas no topo, com portas de madeira com mais de dez centímetros de espessura e com chaves grossas de ferro para abri-las, escadas, porão, calabouço, canhões, entre outras coisas.

O Mathieu morava nesse castelo. Na verdade, ele tinha alugado um quarto lá, pois o dono da propriedade, que era descendente da família que havia construído o castelo há centenas de anos, alugava quartos para outras pessoas.

O Mathieu só dava risada da minha cara, pois sabia que aquilo tudo era muito diferente para mim, desde o *coffeeshop* dentro de um barco ao castelo onde ele morava.

Como passaríamos somente um dia e uma noite juntos, ele quis fazer com que eu vivesse essas experiências diferentes, e realmente foi tudo muito inusitado, incrível.

Entrei no quarto do Mathieu, o qual era muito grande, com chão de pedra e uma cama de casal no meio. Ele puxou um colchão extra que estava debaixo de sua cama, pegou lençóis e colocou uma música. Uma música muito diferente, com uma mistura de sons da natureza, animais e instrumentos.

Aquilo tudo fazia parecer que eu estava dentro de uma fábula, viajando no tempo dentro daquele castelo e com aquela música. Já com a luz apagada e com o reflexo da lua entrando pela janela, tentei ficar com os olhos abertos para curtir mais aquele momento, mas acabei pegando no sono rapidamente.

Dormi profundamente após essas quatro noites de experiências: a Oktoberfest em Munique, o desespero dos trens na Bélgica, a festa da recepção dos calouros e o *coffeeshop*. Meu corpo precisava de uma noite tranquila e bem dormida, em um castelo.

Acordamos cedo, pois o Mathieu precisava seguir com seu projeto na livraria, à qual ele fez questão de me levar para ver como estavam as obras. Logo na sequência, me deixou em uma estrada sentido norte, me explicando como eu teria que fazer para cruzar o Canal da Mancha de balsa e chegar a Londres. Ao final, completou:

— Se tiver a chance de parar e conhecer Bruges, não perca. Para mim, é o lugar mais bonito da Bélgica e um dos mais bonitos que conheço no mundo.

Me lembrei disso no exato momento que passei por uma placa escrito: "Bruges – 10 km" em uma das minhas caronas.

Para eu ir a Bruges, teria que pegar uma estrada à direita, saindo da rota no sentido que estava indo, mas não falei nada para quem me dava carona naquele momento e segui em direção ao porto para pegar a balsa.

O tempo estava correndo, e eu não poderia continuar nessa vida de festas, castelos e turismo, tinha que estudar inglês e trabalhar para ganhar dinheiro, caso contrário, havia o risco de não conseguir me manter ou, no pior cenário de todos, talvez não tivesse dinheiro para voltar para Lisboa para pegar o voo de volta para o Brasil.

Bruges ficaria para uma próxima oportunidade. Quem sabe um dia eu convido o Mathieu para nos reencontrarmos em Bruges? Mais de 20 anos já se passaram, e eu ainda não consegui revê-lo, apesar de mantermos contato.

Chegando ao porto, eu comprei a passagem da balsa e o trem para Londres.

A balsa demorou para sair, mas a viagem foi rápida. Desembarquei em território britânico já de noite.

No desembarque, todos na balsa tiveram que passar por uma autoridade para checagem de documentos. Eu não sabia que teria que passar por esse procedimento, pois todos os outros países na Europa pelos quais havia cruzado anteriormente tinham o acesso livre. Mas, para entrar na Inglaterra, que fica em uma grande ilha separada do continente europeu, era necessário.

Havia um único oficial recebendo e analisando os documentos, e notei que era um processo rápido. Basicamente, devia mostrar o passaporte para que ele anotasse no sistema e liberasse a entrada em um ônibus estacionado na rua, em frente ao posto de imigração. O ônibus levaria todos para a estação de trem, onde poderíamos seguir rumo a Londres.

Coincidentemente, eu era o último da fila e, na minha vez, ele viu que eu não tinha passaporte europeu e começou a fazer várias perguntas, muitas delas, eu não entendia. Eu não tinha inglês suficiente para aquele nível de interrogatório, mas deu para perceber que as perguntas eram para saber aonde eu estava indo, quais eram meus planos na Inglaterra, quanto tempo ficaria no país, se eu conhecia alguém, se eu trabalhava, se estudava, se tinha dinheiro, entre outras perguntas habituais que se fazem em um posto de imigração.

Não havia tradutor no local. Na época, era um posto de imigração com uma estrutura bem pequena. Com muito esforço, consegui me comunicar, porém eu estava nervoso já que não esperava passar por aquela situação, e o oficial da imigração não estava sendo nada amigável comigo. Em uma situação como aquela, ficar nervoso não era nada bom.

Notei que ele também estava um pouco nervoso, pois algumas respostas não eram convincentes. Ele olhava repetidas vezes para o ônibus no qual as pessoas esperavam para seguir viagem, ficando claro que ele precisava resolver minha situação para liberar o ônibus.

Aquilo estava demorando muito. Fiquei preocupado. Várias perguntas rodavam minha cabeça. Será que eu deveria ter me informado melhor sobre essa fiscalização na fronteira? Será que eu deveria ter ido direto da Espanha para a Inglaterra com todo o dinheiro que havia ganhado? Será que fui irresponsável por querer visitar alguns amigos ao invés de ir direto para o norte? Será que meu sonho de estudar inglês na Inglaterra tinha acabado?

Essas perguntas não possuem uma resposta certa ou errada, tudo depende de vários fatores e, no meu caso, o destino estava nas mãos daquele oficial de imigração.

"Nada é mais desafiador do que superar uma situação não planejada."

Nelson Sirotsky

CAPÍTULO 15

ENFIM, LONDRES

Com o risco iminente de não conseguir entrar na Inglaterra, notei que minha postura defensiva, insegura e claramente preocupada não estava ajudando, então resolvi mudar para tentar reverter a situação.

Usando meu inglês básico e cheio de erros, falei:

— Vim à Europa para fazer intercâmbio estudantil em Lisboa através de minha universidade no Brasil, com passagem de volta paga por eles. Estou há semanas viajando e já passei por dez países sem ter tido nenhum problema nas fronteiras. Estou tentando entrar em seu país para fazer turismo e continuar minha viagem, que está perto do fim. Me desculpe, mas não estou entendendo o motivo de você não me liberar.

Ele olhou fixamente para mim por dois ou três segundos, olhou novamente para trás, onde o ônibus me esperava e, com uma fisionomia não muito boa, pegou meu passaporte e carimbou a autorização de entrada no país. Me devolveu o passaporte e, sem falar nada, virou-se e saiu andando.

Acredito que, se ele negasse minha entrada, teria dificuldade em ter para onde me mandar, pois aparentemente não tinha mais barco de volta, era noite e havia poucas pessoas naquele lugar.

Com meu passaporte em mãos, peguei minha mochila e, a passos apressados, embarquei no ônibus que partiu rapidamente.

Chegamos à estação de trem em cima da hora e percebi outro motivo do oficial da imigração ter me liberado: caso ele me mantivesse por mais alguns minutos naquele interrogatório, haveria o risco de todos que estavam no ônibus perderem o trem para Londres.

Depois de aproximadamente duas horas de trem, enfim, Londres!

Da estação de trem, tentei ligar para o Diego, aquele amigo brasileiro que havia conhecido no Marrocos. Ele havia me dito que me ajudaria quando eu chegasse e estávamos em contato, nos falando às vezes por telefone ou carta. Mas ninguém atendeu.

Não insisti, pois era próximo da meia-noite e não queria atrapalhar com várias ligações naquele horário, já que nem sabia ao certo com quem ele morava.

Troquei todo o meu dinheiro em libras esterlinas, moeda local, em uma casa de câmbio, e fui procurar um lugar mais tranquilo dentro da estação para passar a noite.

A ideia era passar a noite em algum lugar na estação e acordar cedo para pegar um metrô assim que amanhecesse.

Péssima ideia.

Além do frio outono londrino, não conseguia me acomodar em nenhum banco ou canto da estação. Sempre quando tentava dormir em meu saco de dormir ou quando me sentava em algum banco, vinha alguém da limpeza para limpar o chão e pedir para que eu fosse para outro lugar. Não dormi praticamente nada naquela noite.

Assim que o sol nasceu, peguei um metrô da própria estação de trem direto para a casa do Diego. Fiquei impressionado com a cobertura da malha de metrô da cidade no ano de 1997[33], pois era possível chegar a qualquer lugar da área metropolitana.

Apesar do frio, fazia um dia bonito e ensolarado em Londres, situação pouco comum na famosa Fog City[34]. Depois de sair do metrô e de

---

[33] Em 1997, Londres possuía mais de 400 quilômetros de metrô na região metropolitana. Mais de 20 anos depois, a cidade de São Paulo, que possui a maior rede sobre trilhos do Brasil, ainda não atingiu os 100 quilômetros.

[34] A Inglaterra possui um clima classificado como temperado oceânico, suave – com temperaturas não muito altas no verão, nem muito baixas no inverno (raramente neva) – mas responsável pelas famosas chuvas. A capital inglesa possui muito mais dias nublados e "cinzentos" do que outras grandes cidades pelo mundo, sendo apelidada como "Fog City" ou "Cidade Nevoeiro" em português.

Roteiro na Inglaterra de trem – do porto de Dover a Londres

uma caminhada de dois ou três quarteirões, cheguei ao endereço que tinha anotado. Uma coisa que estava em minha cabeça era o medo de acontecer novamente o que tinha acontecido em Liége na Bélgica: não ter ninguém em casa.

Apertei a campainha uma, duas, três vezes e ninguém atendeu. Esperei uns segundos e insisti pela quarta e quinta vez até notar um barulho e movimento dentro da casa. Devia ser por volta das oito da manhã.

Uma pessoa, aparentemente entre 25 e 30 anos de idade, de pijama e com fisionomia sonolenta, abriu a porta e falou:

— *What?* — "O quê?" em português.

Eu respondi que era amigo do Diego e que ele estava me esperando.

Ainda com a cara fechada e de sono, ele falou para eu entrar e disse que o Diego estava no quarto, no segundo andar, ele indicou a direção com o dedo. A casa era pequena e aparentemente era uma república de amigos.

Subi a escada, abri a porta do quarto e vi o Diego dormindo profundamente.

Balancei o ombro dele dizendo:

— Diego, acorda. Sou eu, Luciano!

Ele abriu um pouco os olhos e, com cara de sono, respondeu:

— Caramba, você está aqui? Que legal. Mas que horas são?

E depois que ficou sabendo do horário, complementou:

— Cara, é muito cedo, daqui a pouco a gente conversa. Deita aí em algum lugar.

Pode ter parecido um pouco rude da parte dele, mas, quando se é jovem, essas reações são supernormais e poucos gostam de acordar cedo. Sem deixar de mencionar que eu não sabia se eles tinham saído na noite anterior, o que mais tarde me confirmaram. Por isso, ninguém atendeu minha ligação da estação de trem.

No fundo, eu gostei da ideia de achar um lugar para descansar, pois tinha passado uma noite péssima e meus pés quase tinham congelado naquela estação.

Sentei-me em uma poltrona bem macia que havia no quarto e caí no sono rapidamente. Dormi sentado, mas confortável e com os pés e todo o corpo aquecidos pela calefação da casa.

Todos começaram a acordar por volta do almoço.

Eles moravam em três pessoas. O Diego, que tinha se mudado há pouco tempo da Espanha para a Inglaterra e estava matriculado para fazer um curso de publicidade ou algo parecido; um mexicano, que era garçom em um restaurante, o mesmo que abriu a porta para mim pela manhã; e um colombiano, praticamente da mesma faixa etária, que trabalhava montando pizzas na Pizza Hut do bairro e que se chamava Parsons Green.

Depois que todos se levantaram e se apresentaram, conversamos um pouco e fomos para a cozinha preparar um macarrão instantâneo, que ficou delicioso. Comi dois pacotinhos de tanta fome.

Contei um pouco das minhas aventuras e das caronas e disse que tinha pouco tempo na Inglaterra, que precisava arrumar um trabalho o mais rápido possível para também poder pagar uma escola para estudar.

O colombiano logo disse que a Pizza Hut de Wimbledon, situada a três estações de metrô, estava contratando pessoas para trabalhar na cozinha e seria uma boa possibilidade.

E o Diego completou:

— Vai lá agora. Não perde essa chance, pois, sem falar inglês, dificilmente você vai conseguir outra oportunidade de emprego, e trabalhar na cozinha não é um trabalho tão pesado.

Então, perguntei:

— Mas chegando lá, o que eu falo?

E ele respondeu:

— Chega lá e diz "*I'm looking for a job*" ("Eu estou procurando emprego", em português) e vê no que dá.

Depois do almoço, fui até a Pizza Hut de Wimbledon, que não era um restaurante com mesas e cadeiras como eu imaginava, mas uma cozinha que trabalhava exclusivamente com entregas.

O espaço era pequeno. Com dois ou três passos, já se chegava ao balcão, onde havia três monitores de computador, cada um com um telefone. Atrás, um mapa grande da região da cidade cobria a parede.

Havia uma pessoa atrás do balcão que me disse alguma coisa logo que eu entrei, mas não entendi, e a conversa seguiu em inglês:

— Estou procurando emprego.

E ele respondeu:

— Temos duas vagas de entregador, você sabe dirigir moto?

Eu entendi o que ele disse, mas, como esperava trabalhar na cozinha, perguntei:

— Moto?

Ele respondeu:

— Sim, moto. Você dirige moto?

E eu confirmei:

— Sim. Sem problema.

O diálogo seguiu com ele perguntando novamente:

— Você tem carteira de motorista internacional?

— Sim.

— Você conhece Londres?

— Sim.

Ele pegou um pedaço de papel, começou a escrever alguma coisa e disse:

— Compareça amanhã cedo neste endereço para fazer um teste.

Recebi o papel e vi que estava anotado um endereço e horário, às nove da manhã.

Eu já tinha dirigido a moto de uns amigos em Conchal umas três ou quatro vezes na vida, e eu tinha carteira de motorista para carro e moto, mas não tinha carteira internacional e não fazia nem 24 horas que estava em Londres, ou seja, conhecia apenas alguns quarteirões pelos quais havia passado perto da casa do Diego e agora ao redor dessa Pizza Hut.

Ele tinha me feito apenas três perguntas, e eu praticamente menti nas três. Precisava muito daquele emprego e seria perfeito já conseguir um trabalho nos primeiros dias.

Como tinha um mapa bem grande atrás deles, e eu já tinha identificado as quadras de tênis do famoso complexo de Wimbledon, que, naquele mapa, estava posicionado na parte central do quadro, perguntei:

— Esse endereço fica perto das quadras de tênis, certo?

E ele respondeu:

— Não, esse endereço fica do outro lado. Nós estamos aqui, e esse lugar fica bem aqui — disse, apontando com o dedo para dois lugares no mapa.

Nesse momento, consegui visualizar onde eu estava e para onde deveria ir, bem como as estações de metrô próximas ao local. Agradeci e fui embora muito feliz com a possibilidade de conseguir um emprego, mas preocupado ao mesmo tempo por ter mentido.

Voltando para a casa do Diego, contei a história para todos e consultei um mapa que havia na casa para não ir ao lugar errado. Eles me disseram que o fato de eu ter dito que conhecia a cidade e que tinha carteira de motorista internacional não eram problema, pois muitas empresas em Londres contratavam pessoas de forma ilegal. Era difícil preencher os quadros de funcionários com moradores locais fazendo trabalhos considerados braçais, como aquele. Mesmo assim, fiquei com receio, preocupado em me envolver em problemas com uma empresa.

Já era noite e saímos para comer no restaurante onde o mexicano, amigo do Diego, trabalhava e pedimos os pratos mais baratos do lugar, mas ele trouxe algumas coisinhas a mais para completar nosso pedido "por conta da casa". Após o jantar, voltamos para a casa, onde passei a noite no sofá da sala.

No dia seguinte, acordei bem cedo, tomei um copo de leite, comi um pão de forma com maionese e, antes das oito da manhã, já tinha chegado ao local.

Era uma área grande cercada por alambrados e dava para ver, ao lado do prédio principal de dois andares, uma parte grande de asfalto com cones, pneus empilhados e área de manobra. Como uma pistas de testes para veículos.

Esperei. A porta se abriu por volta das oito e meia e outros candidatos de várias unidades da Pizza Hut começaram a chegar. Nos apresentamos e vi que eu era o único da unidade de Wimbledon e não teria concorrente para a vaga.

Começaram a distribuir macacões, capacetes, luvas e chaves das motos. O local era um centro de testes e os motoristas precisavam passar pelo treinamento para começar a trabalhar.

Éramos aproximadamente dez candidatos e dois instrutores, um homem e uma mulher.

Começamos assistindo a alguns filmes de direção defensiva e depois vimos várias situações de acidente com carrinhos e motos de brinquedo em uma grande maquete que simulava ruas da cidade. Ficamos praticamente a manhã toda fazendo isso. Foi muito legal, e eu diria que aquilo tudo estava sendo muito útil para mim como motorista, pois era mais do que eu tinha aprendido no Brasil para tirar minha carteira.

Apesar de não entender tudo o que os instrutores falavam, as imagens auxiliavam a compreensão.

O terceiro bloco, antes do almoço, foi a palestra de um instrutor, sem filme ou projeção, sem carrinhos, motos e nem maquetes.

Devido ao sotaque britânico acentuado e a forma rápida como ele falava, eu entendia muito pouco. Às vezes dava para concluir algo, pois estava no contexto, mas, no geral, eu ficava forçando para entender e nada. Até me deu um princípio de dor de cabeça de tanta força que eu fazia para tentar compreender. Quando o instrutor olhava para mim, eu só concordava com a cabeça e fazia cara de interessado.

Em um momento, ele falou alguma coisa e apontou o dedo para um de nós, que respondeu:

— *Two* — “dois” em português.

Apontou para o outro que disse:

— *Three* — “três”.

Depois apontou para mim, e eu, sem fazer a mínima ideia do que ele estava falando, no susto, respondi:

— *Four!* — “quatro”.

— *No, no, no. Four is too much!* — "Não, quatro é muito!".

Só depois, ao longo do dia, percebi que a pergunta era quantos segundos temos que manter de distância do veículo da frente para evitar uma colisão, em outras palavras, se o veículo da frente frear bruscamente, quantos segundos o veículo de trás precisa para também frear com segurança e não se chocar. A resposta correta é dois, três é aceitável como prevenção, mas quatro segundos é muito tempo.

Depois dos filmes, simulações e palestra, ganhamos um lanche no almoço e fomos para a parte prática. Saímos no pátio e cada um pegou uma moto. Seguindo o que os instrutores falavam, íamos fazendo os exercícios. Nada muito complexo ou difícil. Aceleramos, fizemos curva, contornos nos cones, entre outras manobras simples para analisar a habilidade de quem estava dirigindo. Essa parte foi muito parecida com o teste da carteira de moto no Brasil e confesso que, no geral, estava me saindo melhor do que havia imaginado. Estava bastante confiante.

Mas nunca devemos comemorar antes de tudo acabar.

Depois dos exercícios no pátio, cada um recebeu um ponto eletrônico de escuta para ser colocado no ouvido e fazer um exercício prático nas ruas de Londres. O exercício consistia em sair em uma fila de motos, em linha, e a instrutora ficaria na última posição desta fila.

Na primeira posição, haveria uma alternância de pessoas que seria feita de acordo com as instruções passadas no ponto eletrônico de escuta. A comunicação direta seria entre o primeiro da fila e a instrutora, na última posição. Quanto aos demais, apesar de estarem escutando a conversa, deveriam seguir o que o primeiro da fila fizesse.

Logo que coloquei o ponto eletrônico no ouvido e a instrutora começou a falar para testar os aparelhos, percebi que o risco de eu não passar nessa prova era grande. Já era difícil entender o sotaque britânico dela ao vivo, com um ponto eletrônico no ouvido, ficou pior ainda.

Parecia uma daquelas conversas de rádio de Fórmula 1 aos domingos.

É mais fácil entender o inglês de uma pessoa que aprendeu o idioma do que de um nativo, e através de um ponto eletrônico com ruído, o barulho da cidade e o motor da moto, estava muito difícil de entender alguma coisa.

Saímos todos para o exercício e fiquei posicionado no meio do grupo, repetindo o que as outras pessoas faziam à minha frente. Estava escutando tudo e notei que eram comandos simples como virar, parar, ultrapassar etc.

Mas quando chegou a minha vez, foi um caos.

Primeiro, porque o fluxo do trânsito na Inglaterra é feito na mão inversa, e isso já me confundia, principalmente quando eu virava a esquina para entrar em uma outra rua. Depois de acertar o primeiro e segundo comando, a instrutora começou a falar frases longas e, sem entender, comecei a errar muito.

Em um dos comandos que não entendi, segui reto. Quando olhei para o retrovisor, todos estavam virando à direita. Depois do erro, eu tive que manobrar, acelerar, voltar e chegar novamente ao início da fila. Baguncei geral e errei alguns outros comandos até pararmos em um café para uma pequena pausa.

Estacionei a moto ao lado da instrutora, tirei o capacete e fui falar com ela repetindo a palavra:

— *Broken, broken, broken!* — "quebrado" em português. Disse isso enquanto apontava para o meu ponto eletrônico.

Ela, com calma, disse que não havia problema.

Entramos e nos acomodamos. Todos foram ao balcão e pediram café e eu "segui o fluxo", ainda preocupado com minha performance desastrosa como líder do grupo.

Estava acostumado com o café servido em uma xícara, em quantidade pequena. Era assim no Brasil, Portugal, Espanha, Itália e em todos os outros países pelos quais tinha passado. Mas em Londres é diferente. Na hora que pedi o café, o garçom colocou um copo bem grande na minha frente e começou a enchê-lo com uma jarra.

Levei um susto quando vi o garçom colocando aquele monte de café no meu copo e falei:

— *Arrive, arrive, arrive!*

Ele olhou para mim, não disse nada e continuou enchendo meu copo até o topo.

Fiquei bravo, pois na minha cabeça havia pedido para ele parar, e ele continuou colocando até encher. Semanas depois, eu percebi o fora que tinha dado, pois a palavra *arrive* é a forma base do verbo "chegar" (*to arrive*), ou vir de algum lugar, mas, na minha cabeça, eu acreditava estar dizendo "chega", no sentido de "é suficiente".

Ele nunca teria entendido. O correto seria dizer *stop* ou *enough*, ou melhor, *it is ok*.

Depois do café, voltamos todos para o local inicial e, logo que estacionamos a moto e devolvemos os equipamentos, eles entregaram o certificado que já estava impresso para todos. Todo esse processo com a moto durou praticamente o dia inteiro e, repito, foi muito, mas muito mais completo do que quando eu tirei minha carteira de motorista no Brasil.

Fiquei pensando que se tivéssemos um processo mais cuidadoso de aprendizado para tirar a carteira de motorista no Brasil e uma lei mais punitiva para infrações de trânsito, teríamos índices de acidentes mais baixos, o que hoje em dia é mais de seis vezes[35] pior do que na Inglaterra ou no Reino Unido.

Muito feliz com meu certificado de conclusão, que na verdade era mais um curso do que um teste, peguei um metrô direto para entregá-lo na Pizza Hut. Já era por volta das quatro e meia da tarde quando entreguei o certificado para o gerente do restaurante, a mesma pessoa que estava no dia anterior, e ele me disse:

— O trabalho é de segunda a sexta das cinco da tarde até a meia-noite. Aos finais de semana há uma escala e você receberá por hora trabalhada. Se estiver bom para você, eu só preciso do seu passaporte e um endereço, e também preciso saber quando você pode começar.

---

[35] Em 2020, morreram 31.088 pessoas para uma população de aproximadamente 213,3 milhões de pessoas (índice de 0.015%), enquanto no Reino Unido em 2020 morreram 1.460 pessoas para uma população de aproximadamente 66,2 milhões de pessoas (índice de 0.002%), ou seja, no Brasil as mortes no trânsito por pessoa são 6,6 vezes maiores do que no Reino Unido.

Então, respondi empolgado:

— Pode ser agora?

Ele confirmou e pediu para que eu entrasse para mostrar o vestiário nos fundos e meus equipamentos. Depois voltamos à entrada para mostrar minha moto, que ficava estacionada em frente à loja, junto com todas as outras motos dos entregadores daquela unidade.

Assim que os funcionários iam chegando, ele apresentava um a um. Éramos em torno de dez pessoas naquela unidade formada pelo gerente, pessoal da cozinha, atendentes de telefone e os entregadores. Então, as primeiras ligações começaram a chegar e, como eu era novato, fui o último a pegar uma entrega.

O atendente me deu um papelzinho impresso com o pedido e o endereço. Entrei na cozinha, peguei o sabor da pizza que acabara de sair do forno e a coloquei na bolsa térmica. Liguei a moto e...

Epa! Para onde eu vou?

Eu estava tão empolgado com tudo aquilo que não tinha percebido que para fazer entregas na cidade eu teria que saber onde eram os endereços dessas pessoas. Óbvio. Mas resolvi esse problema parando em uma banca de jornal logo na primeira esquina para comprar um mapa da cidade.

Toda entrega, eu demorava alguns minutos consultando o mapa antes de sair. Às vezes tinha que parar no meio do caminho para checar novamente. Isso fez com que, na primeira semana de trabalho, meu tempo médio de entrega fosse o pior entre todos os entregadores da unidade. Depois de uma semana, como já conhecia grande parte da área de atuação e havia clientes que pediam com frequência, minha performance melhorou.

Além do salário pago por hora, os clientes davam generosas gorjetas e, quanto mais rápido eu entregasse as pizzas, mais gorjeta ganharia. Gorjetas essas que me ajudaram a fazer minha matrícula em uma escola de inglês no bairro e me mudar para um apartamento, o qual o amigo mexicano do Diego havia me indicado, onde moravam dois britânicos.

Morar com esses dois britânicos também foi uma experiência muito boa para meu inglês, porém, muito curiosa. Um deles, alto e de ascendência indiana, era investigador de polícia de Londres, mas, curiosamente, pegava pequenas coisas do meu quarto enquanto eu estava fora. Coisas bobas como algum salgadinho, amendoim ou coisa para comer. Às vezes sumiam algumas moedas também. Tive a certeza de que era ele, pois aconteceu uma vez enquanto o outro morador não estava na cidade. Incoerente e inusitado por sua profissão.

O outro era baixinho, com ombros curvados, olheiras e fisionomia triste, ficava o dia inteiro dentro do quarto escutando músicas estranhas. Era o dono do apartamento e se mantinha com nossos aluguéis. Não trabalhava.

Mesmo assim, a estadia foi muito boa, pois passei a falar inglês a todo momento, coisa que não aconteceria se ficasse na casa do Diego. Acabei perdendo um pouco de contato com ele durante esse período, pois minha agenda estava completamente cheia.

Tinha aulas de inglês diariamente, de segunda a sexta, das nove da manhã às quatro da tarde. Saía da escola e ia direto para a Pizza Hut, onde eu trabalhava das cinco da tarde até mais ou menos uma da manhã. Optei em trabalhar aos fins de semana também, sábados e domingos o dia inteiro, pois me ajudava financeiramente, assim o restaurante nem precisou contratar o outro entregador que eles estavam procurando. Dessa forma, no pouco tempo que sobrava, eu estudava inglês em casa, muito! Fazia todos os exercícios e leituras da escola, além de ter pegado vários livros da biblioteca para estudar temas extras dos que eram dados nas aulas. Imersão total no idioma.

Considerando os dois meses e algumas semanas que fiquei na Inglaterra, só tive um fim de semana livre para conhecer os principais pontos turísticos da cidade com o Diego e seus amigos e ir com o pessoal da escola para Cambridge, cidade que fica a uma hora e meia ao norte, onde passamos o dia andando de bicicleta.

Meu salário e as gorjetas eram suficientes para pagar o aluguel e a escola. Quanto à alimentação, eu tinha praticamente toda de graça, na própria Pizza Hut. Os funcionários podiam levar pizzas para casa no final do trabalho, sem custo, o que foi um erro, pois depois de 28 dias comendo pizza no café da manhã, almoço e jantar, tive um pequeno problema em conseguir ir ao banheiro para o "número dois" e uma visita ao hospital do bairro foi necessária.

Realmente, não precisava economizar tanto assim, pois já estava sobrando dinheiro do meu trabalho. Muito por causa da minha "eficiência" na entrega das pizzas, o que me rendia muitas gorjetas. Após duas semanas eu já tinha o melhor tempo médio de entrega entre todos do restaurante e um dos melhores de toda Londres.

Coloquei eficiência entre aspas no parágrafo acima porque minha otimização nas entregas se deu por várias infrações às leis de trânsito: velocidade acima do permitido, andar no corredor entre os carros parados (o que é proibido na Inglaterra), entrar em pequenas ruas praticamente desertas na contramão e, às vezes, quando não havia ninguém caminhando, utilizar a calçada como atalho.

Eu era o melhor entregador, mas, sem dúvida, o pior motociclista.

E toda ação tem uma consequência.

Em uma noite de trabalho, na volta de uma entrega, entrei em uma pequena rua estreita e curta que era contramão, mas me fazia ganhar alguns minutos valiosos, evitando o trânsito e toda a volta que teria que dar. Na rua principal, acelerei um pouco acima do limite para chegar rápido e pegar outra entrega. Assim que coloquei o pezinho e desliguei a moto, vi que uma viatura policial estacionava atrás de mim. Dois policiais desceram do carro e vieram em minha direção pedindo a carteira de motorista.

Sem falar nada e muito preocupado, a entreguei.

Um dos policiais olhou para a minha carteira de motorista do Brasil, que obviamente estava em português, e disse:

— O que é isso? Eu te pedi sua carteira de motorista.

Já sabendo que eu estava em uma situação complicada e sem saber o que falar, disse para eles entrarem comigo no restaurante e que meu gerente poderia esclarecer tudo.

Não sabia se essa era a melhor opção, pois sabia que o erro era meu, mas fiquei com medo de me complicar, ser levado à delegacia, ter a moto apreendida, ou pior, pagar alguma multa. Quando entrei no restaurante, pálido e assustado, com dois policiais às minhas costas, meu gerente me olhou com uma cara de bravo e logo perguntou para os policiais:

— Algum problema que eu possa ajudar?

E um dos policiais respondeu, olhando para mim:

— Muito rápido e dirigindo na contramão.

Meu chefe disse para eu esperar no escritório do restaurante, nos fundos, que ele gostaria de conversar com os dois policiais sem minha presença.

No escritório dos fundos, além de uma escrivaninha e alguns papéis e arquivos, havia um monitor que transmitia e gravava as imagens de tudo o que acontecia na frente do restaurante, sem som, e eu pude acompanhar as imagens deles conversando e meu chefe mostrando vários papéis para os dois policiais.

Veio em minha cabeça que eu seria deportado ou algo do tipo, mas ainda faltava mais de um mês para meu voo de volta ao Brasil e eu queria continuar trabalhando e estudando. Seria muito azar ter que ir embora depois de todo o esforço que tive para cruzar a Europa e chegar em Londres.

Após aproximadamente dez minutos de conversa, os policiais se despediram e foram embora, saindo pela porta da frente. Continuei no escritório dos fundos, e meu chefe veio em minha direção. Já estava esperando pelo pior.

Ele entrou na salinha que eu estava e disse dando risada:

— Você precisava ver sua cara de assustado quando entrou com os dois policiais. Você estava branco e, quando eu vi, imaginava que tinha acontecido coisa muito pior — disse ele, rindo muito alto.

Perguntei:

— Está tudo bem, então?

E ele respondeu:

— Claro que está tudo bem. Eu te contratei para entregar pizza, e isso você faz mais rápido do que todo mundo. Só tome mais cuidado, mas continue assim.

Eu não consegui ficar para a premiação do funcionário do ano, que acontecia em janeiro do ano seguinte, mas, nesse momento, já era um dos entregadores mais rápidos, eficientes e dedicados de todas as Pizza Hut de Londres e, já nos dias finais da minha passagem, tive uma despedida com muito carinho de todos do restaurante.

O período que fiquei na Inglaterra foi muito produtivo, pois tinha melhorado muito meu inglês (é impressionante a evolução do idioma quando se está imerso e em contato a todo momento), fiz muitos amigos na escola e no trabalho e tinha guardado uma boa quantia de dinheiro. Quantia essa que me ajudaria a voltar para Portugal e o que sobrasse seria presente para meus pais. Estava com muita saudade deles e com um sentimento de missão cumprida.

Saí do Brasil com pouco dinheiro e com a expectativa de fazer um intercâmbio estudantil em Lisboa, o que seria algo incrível para minha vida. Estava voltando com o intercâmbio realizado em uma faculdade de alta qualidade, dois novos idiomas, novos amigos que levarei para toda a vida, memórias de viagens por doze países com culturas diferentes e experiências incríveis e desafiadoras com todas as caronas que peguei.

Eu me sentia uma nova pessoa. Estava muito mais preparado e confiante para qualquer outro desafio pessoal ou profissional em minha vida.

Com desafios superados, objetivos realizados e um sentimento de missão cumprida, me sentia pronto para voltar para casa.

> "Eu prefiro o peso da mochila nas costas
> ao peso de um sonho não realizado."
>
> **Autor desconhecido**

CAPÍTULO 16

TRÊS PAÍSES, TRÊS DIAS, TRÊS DÓLARES

Era hora de partir de volta rumo a Lisboa, onde tudo começou.

No caminho de volta, eu tinha planos de parar em dois lugares que ficavam no caminho: em Paris, na França, para visitar o Eric, e em Saragoça, na Espanha, para dar um tchau para o Óscar e pegar algumas coisas que tinha deixado na casa dele em minha primeira parada e também algumas pesetas (dinheiro espanhol) do meu trabalho em Salou, que eram para comprar a passagem de volta, de Saragoça a Lisboa.

Depois de me despedir de todos do trabalho, me despedi também dos amigos da escola, do Diego e seus amigos e dos dois ingleses com quem eu morava. Fui ao banco e troquei todas as libras que havia ganhado por dólares. Comprei uma passagem de ônibus saindo de Londres à noite e, chegando a Paris pela manhã, liguei para o Eric para avisar que chegaria para visitá-lo por um dia.

Trazia comigo 703 dólares e algumas moedas. Havia neve no caminho quando me reencontrei com Eric, que tinha acabado de chegar de uma rave.

Passeei pelos principais pontos turísticos de Paris, visitei a Basílica de Sacré-Coeur e agradeci por tudo que havia acontecido. Foi então que passei pela terrível experiência do roubo, que narrei na introdução deste livro, na qual perdi todo o dinheiro que tinha comigo a poucos dias de voltar para o Brasil.

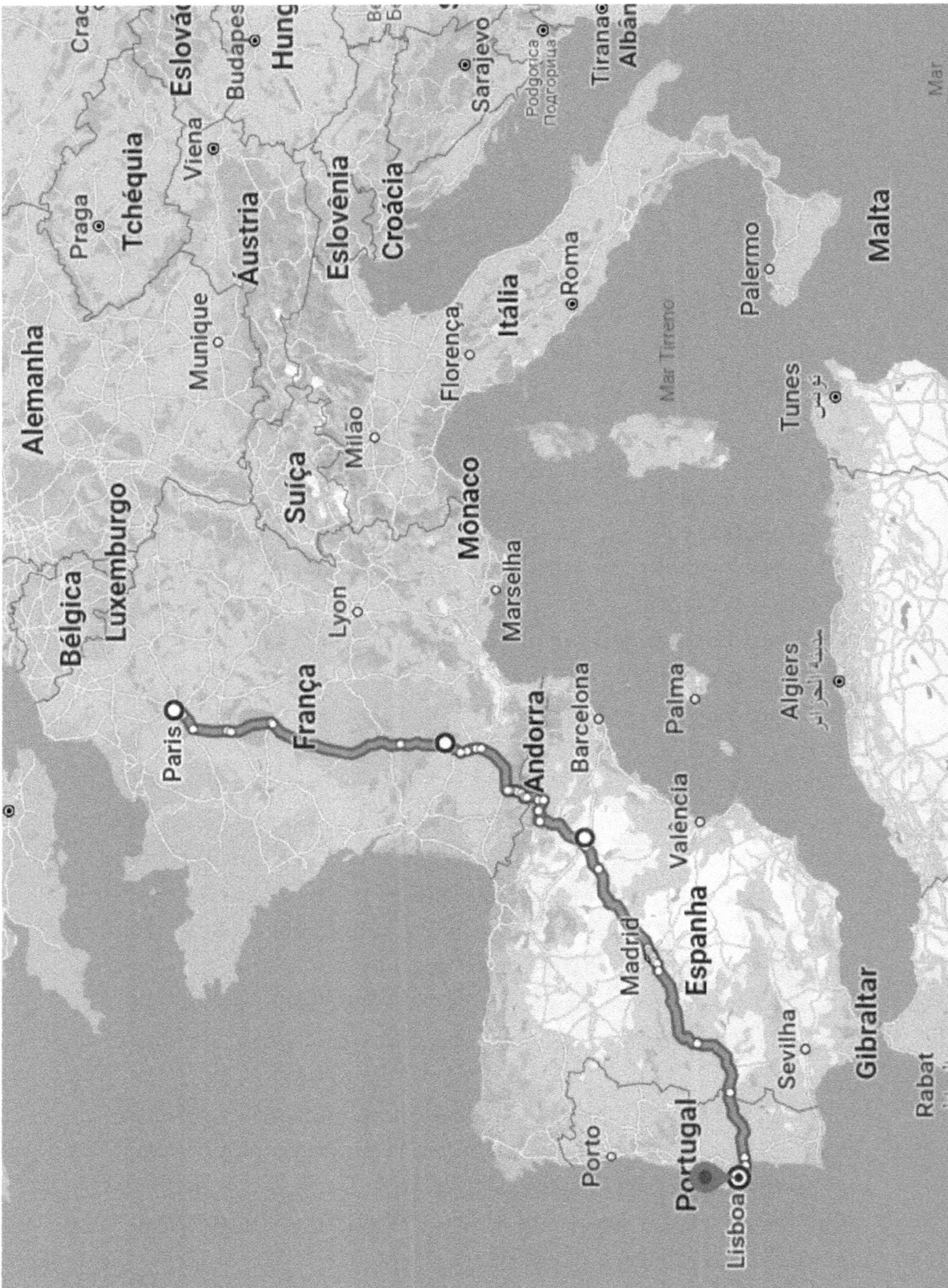

Roteiro da minha viagem: de Paris, França, a Lisboa, Portugal.

Meu maior problema era o tempo. Meu voo de volta saía de Lisboa em três dias e eu tinha que cruzar três países e percorrer aproximadamente três mil quilômetros com apenas três dólares no bolso.

Nos 277 dias nos quais estive longe de casa, já havia percorrido milhares de quilômetros, dormido na rua e em vários outros lugares inusitados, passado fome, frio, me arriscado pegando carona com inúmeros desconhecidos e não havia me acontecido nada. Faltando três dias para o fim da aventura, três homens, um deles com uma faca, colocam em risco minha vida e meu retorno para casa, o que, naquele momento, apesar de ter vivenciado dias incríveis e experiências inimagináveis, era o que eu mais queria. No entanto, como o roubo já havia acontecido, eu tinha que encontrar uma alternativa para resolver o problema.

Os pais do Eric estavam no Peru, viajando a trabalho, e deixaram um cartão de crédito que ele poderia utilizar em suas despesas durante o período.

Como já comentei, das pessoas que eu conhecia no Brasil, somente meu irmão e o Vander tinham acesso à internet, mas, na Europa, em 1997, estava ocorrendo uma rápida expansão dos computadores pessoais e da rede. Havia um computador na casa do Eric e ele tinha ouvido falar em um site de caronas na França, o qual poderíamos checar, na esperança de encontrar alguém que fosse para a Espanha, pois, antes de Portugal, eu teria que passar por Saragoça para pegar minhas coisas na casa do Óscar. O que não seria muito difícil, pois no trajeto de Paris a Lisboa, teríamos que passar por Saragoça.

Nesse site, pessoas que fariam uma viagem longa procuravam por companhia, alguém para dividir as despesas da viagem ou com o objetivo de ajudar quem estivesse precisando.

Para participar desse grupo de caronas, todos os usuários deveriam cadastrar os dados pessoais, bem como pagar uma taxa de oito dólares, que o Eric pagou com seu cartão de crédito. No começo, não tivemos sucesso na busca por alguém que tivesse a Espanha como destino. A cada tentativa, a preocupação aumentava. O site não era tão simples de navegar como hoje em dia, e começamos a buscar alguém que fosse no sentido da Espanha, o mais longe possível de Paris.

Depois de muita busca e simulações, encontramos uma pessoa que iria de Paris até Perpignan na manhã seguinte. Ou seja, cruzaria a França, o que me deixaria perto da fronteira com a Espanha e, se ainda tivesse um pouco de sorte, daria tempo para dar um último alô de despedida para Celine, a francesa que morava nas montanhas de Perpignan.

Eric anotou o telefone da pessoa que estava no *website* e ligou para combinar horário, local e perguntar o que ele queria em troca pela carona. A resposta foi mais animadora ainda: ele queria apenas companhia para não ter que viajar sozinho e ajudar as pessoas que estavam precisando.

Fiquei bem mais calmo com aquilo. Como tudo estava bem encaminhado para o dia seguinte, aproveitamos para sair à noite com outros amigos do Eric a fim de relaxar um pouco, pois a cena do roubo ainda estava em minha cabeça.

Saímos à noite e fomos a algumas das discotecas mais legais de Paris, na Champs-Élysées. Na Europa, várias discotecas funcionam com entrada gratuita, e nada melhor do que sair com "locais" para ir às melhores. Mas não ficamos até muito tarde, pois, no dia seguinte, eu teria que acordar cedo para me encontrar com minha carona e minha cabeça estava toda focada nos três dias seguintes.

De manhã, chegando ao local combinado e notei uma pessoa com uma mochila, sentada em um banco, aparentemente esperando por alguém. Achei coincidência ele estar no mesmo horário e endereço marcado pela minha carona. Depois de alguns minutos lado a lado, puxei conversa e, para minha surpresa, ele também iria pegar a mesma carona, só que pararia no meio do caminho, em Clermont Ferrand, na região central da França.

Ele era africano do Sudão, negro retinto, baixo e tímido. Era de poucas palavras e estava na França desde março, pois tinha fugido da

Segunda Guerra Civil do Sudão[36]. Estava visitando alguns parentes distantes e amigos, buscando a possibilidade de ficar na Europa para viver e seguir com sua vida de forma mais segura.

Saímos de Paris por volta das nove da manhã e a previsão era chegar somente à noite em Perpignan. Durante a viagem, fomos conversando bastante, o dono do carro ficou comovido com nossas histórias. É claro que a história do africano do Sudão era muito mais comovente do que a minha, pois ele teve que fugir de seu país, mas, como meu roubo tinha acontecido no dia anterior e, ao saber que para aquela viagem toda eu só tinha três dólares no bolso, alguns sanduíches que o Eric havia me preparado e pacotes de biscoitos e bolachas, ele também ficou bastante comovido. Com isso, ganhei um jantar pago por ele em um lugar na beira da estrada. O africano já havia descido em seu destino.

A viagem demorou um pouco mais do que o planejado, pois pegamos bastante trânsito na saída de Paris e tivemos longas paradas ao longo do caminho para descansar e nos esticar um pouco. Ao final, acabamos chegando a Perpignan por volta da meia-noite.

Ele não via a hora de chegar na casa dele e, consequentemente, me despachar, pois tinha sido uma viagem bastante cansativa. Ele parou na estação de trem em Perpignan, me deu um aperto de mão e foi embora.

Cruzei a França e cheguei perto da fronteira com a Espanha em um dia, percorrendo aproximadamente mil quilômetros, muito melhor do que eu poderia imaginar. Estava a apenas 500 quilômetros de Saragoça e, para não correr riscos, tinha que continuar me

---

[36] O Sudão é um país do nordeste africano que faz fronteira com Egito, Eritreia Etiópia, Sudão do Sul, Chade e Líbia. A Operação Thunderbolt (1997) foi uma ofensiva militar do grupo rebelde Exército Popular de Libertação do Sudão (EPLS) durante a 2ª Guerra Civil do Sudão. A operação visava conquistar várias cidades que serviam de reduto para as Forças Armadas do Sudão e ajudavam o governo a suprir seus aliados, os insurgentes ugandenses da Frente do Banco do Nilo Ocidental e da Frente de Resgate Nacional de Uganda baseadas no Zaire.

deslocando ao longo da noite. Os três dólares continuavam intactos em meu bolso.

Entrei na ferroviária e vi os horários e destinos dos trens. Havia um que sairia à uma e trinta da manhã com destino a Barcelona, na Espanha. Como era tarde da noite, perguntei para um senhor de colete na estação semideserta onde eu poderia comprar um ticket, pois não havia ninguém no guichê, e ele disse que o pagamento era feito dentro do trem direto com o cobrador. Perfeito, pois, como não tinha dinheiro mesmo, a ideia era somente ver como tudo funcionava. Caso não conseguisse embarcar sem ticket, teria que dormir na estação de trem até o dia amanhecer e seguir tentando mais caronas.

Sem dinheiro e sem nada a perder, entrei no trem à uma e trinta da manhã com destino a Barcelona. Iria fingir que estava dormindo e, se o cobrador me acordasse para pagar o ticket, diria que não tinha dinheiro e desceria do trem, como aconteceu na Bélgica. Tinha que arriscar para me deslocar durante a madrugada. Não poderia esperar amanhecer para tentar alguma coisa. Até pensei em pedir ajuda para a Celine, mas teria que gastar para me deslocar até sua casa e era muito tarde. Pensei comigo mesmo que de pouco em pouco eu iria me deslocando naquela noite em direção a Saragoça e talvez conseguisse chegar a Lisboa antes do que previa.

Tinha ficado empolgado com o resultado do primeiro dia, pois tinha sido melhor do que eu imaginara, porém tinha que manter o foco. Havia o risco de ficar sem dinheiro e comida a qualquer momento.

Entrei no trem, sentei-me em um banco bem no fundo do vagão e fechei meus olhos. O trem estava quase vazio e tinha previsão de chegar às três da manhã em Barcelona. Caí no sono profundamente. Quando acordei, estava amanhecendo. Olhei para o relógio, aquele mesmo que tinha "aparecido" em meu pulso na festa em Bruxelas, e já eram seis e meia da manhã. Levei um susto. Não sabia onde estava e torci para estar próximo a Barcelona.

Então comecei a observar. No primeiro bairro de uma cidade onde o trem entrou, olhei pela janela e vi a placa de um carro, que era da

França. Vi também uma rua com alguns comércios e descrições nas fachadas em francês. Parecia que eu não tinha saído da França, o que achei estranho, pois já havia se passado três horas da previsão de chegada em Barcelona e eu ainda estava dentro do trem. Aquilo não fazia sentido e fiquei com medo de ter pegado o trem errado. Faltando apenas dois dias para meu voo de volta, não poderia cometer um erro desses.

Logo que o trem parou, desci rapidamente para evitar que algum fiscal me cobrasse e também para saber onde eu estava. Perguntei em qual cidade estava para a primeira pessoa que encontrei na estação, e a resposta da senhora foi: Toulouse.

Toulouse? Onde fica Toulouse?

Perguntei também para onde o trem estava indo, e a resposta me assustou mais ainda:

— Ele está indo para Paris.

Não sei se foi azar por não ter acordado em Barcelona, ou sorte por ter acordado minutos antes do trem parar em Toulouse, caso contrário, aparentemente esse trem seguiria direto para Paris.

O trem tinha ido a Barcelona, seguido destino até Toulouse e depois iria para Paris. Mas, naquela hora, não importava o que tinha acontecido, mas o que eu tinha que fazer para sair daquela situação.

Peguei meu mapa para ver onde ficava Toulouse. Ufa! Apesar de ser uma localização pior do que Barcelona, não estava tão ruim. Era melhor do que ter ficado em Perpignan.

Saí da estação para descobrir onde poderia encontrar uma estrada para tentar alguma carona. Entrei num café e perguntei para o rapaz que estava servindo no balcão. Ele me perguntou o motivo e disse que havia vários trens na estação logo em frente com diversos destinos. Então, disse que não tinha dinheiro e precisava chegar a Saragoça até a casa de um amigo.

Quando ele começou a explicar o caminho que eu teria que trilhar para chegar perto da estrada, um casal que tomava café no balcão interrompeu nossa conversa, e o homem me perguntou que horas eu precisava chegar a Saragoça. Respondi o quanto antes.

Ele complementou:

— Nós estamos indo para lá e podemos te dar uma carona, se você quiser. Só que tem dois problemas: o primeiro é que chegaremos em Saragoça só à noite, por volta das oito horas; e o segundo é que você terá que ir no banco de trás com nossa cachorrinha, a Lilica.

Tem coisas que parecem que são feitas por Deus! E ainda por cima me ofereceram para tomar café da manhã com eles: um sanduíche de baguete com presunto e um café com leite.

Do mesmo café, liguei a cobrar para o Óscar, disse para ele pegar meu dinheiro (as pesetas) e perguntei se ele poderia comprar uma passagem de ônibus de Saragoça para Lisboa.

Ele me respondeu que havia um ônibus que saía às nove da noite e que iria me encontrar na frente da plataforma com a passagem e as coisas que eu havia deixado na casa dele.

Incrivelmente, tudo estava dando muito certo e com a programação de que até o final do segundo dia, eu chegaria a Saragoça. E os três dólares ainda continuavam em meu bolso.

Segui viagem com o casal, que tinham aproximadamente 30 anos de idade. Eram extremamente simpáticos e não tinham filhos, e a Lilica, uma Yorkshire, fez a festa comigo no banco de trás durante a viagem.

Estávamos cruzando os montes Pirineus, e essa região entre os países é incrivelmente linda. Eles fizeram um roteiro que nos permitiu passar por pequenos vilarejos charmosos com impressionantes vistas das montanhas com picos nevados. Era uma viagem que duraria cinco horas, mas, como fomos parando em várias lojinhas, cafés e restaurantes, demorou aproximadamente doze.

Dia maravilhoso, lugar maravilhoso, companhia maravilhosa e, por volta das oito da noite, já nos aproximávamos de Saragoça. Eles haviam dito que não teria problema nenhum em me deixar na estação de ônibus, e toda aquela preocupação que eu tinha no dia que fui roubado foi embora. Estava relaxado e fazendo carinho na Lilica.

Por volta das oito da noite, faltando uma hora para saída do meu ônibus para Lisboa, o carro parou por causa do trânsito perto de Saragoça.

No primeiro momento, tive uma reação tranquila, mas quando já estávamos há quinze minutos sem sair do lugar, comecei a ficar preocupado e perguntava para eles se sabiam o que tinha acontecido, se aquilo era normal e se havia algum risco de não chegar à estação de ônibus antes das nove da noite. Eles não sabiam responder a nenhuma das minhas perguntas, e minha preocupação começou a aumentar.

Com tanto acesso à tecnologia hoje em dia, com aplicativos como o Waze, Google Maps, entre outros, é inimaginável ter imprevistos como esses e ficar sem respostas, porém, em dezembro de 1997, comparado a hoje, era como se estivéssemos na idade da pedra em relação à informação. Eu nem conseguia ligar para avisar o Óscar, pois nem ele e nem o casal do carro tinham celular.

Às oito e vinte da noite, o carro começou a andar, bem devagar. Parou novamente às oito e vinte e cinco, e eu já começava a pensar quais seriam as outras possibilidades para chegar a Lisboa. Às oito e trinta, o trânsito voltou a andar e passamos por um acidente que tinha praticamente bloqueado a entrada da cidade. Os carros estavam sendo removidos, o que ocasionou a liberação de algumas faixas. Depois de passar pelos carros acidentados, o trânsito fluiu novamente e seguimos para a estação rapidamente.

Cheguei faltando quinze minutos para as nove e fui correndo procurar pelo terminal certo. De longe, avistei o Óscar junto com sua adorável mãe, ambos em pé, na frente do meu ônibus, olhando para todos os lados. Eles estavam me aguardando fazia mais de uma hora, desesperados, pois já haviam comprado o bilhete do último ônibus da noite para Lisboa. Tinham pago uma parte com minha pesetas, e completado o resto com o dinheiro deles. Na verdade, só depois que eu já estava dentro do ônibus rumo a Lisboa, notei que o preço do bilhete era superior ao valor que eu tinha.

Agradeci muito por tudo e dei um abraço longo em ambos, enquanto a mãe do Óscar toda preocupada dizia:

— *Vaya, vaya. Rápido, rápido.*

O Óscar me deu de presente um livro com dedicatória e embarquei no ônibus para Lisboa, com previsão de chegada para antes do meio-dia, pois ele ainda ia fazer uma parada em Madri para pegar mais passageiros.

Era uma viagem longa que se tornou curta com todos os pensamentos e memórias maravilhosas que passavam pela minha cabeça, de histórias que vivenciei e situações que enfrentei, inimagináveis para um simples jovem de uma cidade sem semáforo, no interior do Brasil. Histórias que foram cuidadosamente relembradas após vinte anos para serem colocadas neste livro, histórias que me fizeram aprender a crescer como ser humano e formar quem eu sou hoje.

Quando desci do ônibus em Lisboa, no terceiro dia, estava um dia frio e cinzento, diferente da alegria e entusiasmo que eu sentia. Eu tinha vontade de gritar de alegria, colocar para fora toda aquela emoção.

Ainda tive tempo de ligar a cobrar, da própria estação de ônibus de Lisboa, para alguns amigos portugueses para me despedir, e um deles, o Nuno, que morava próximo e estava em casa, disse que iria me encontrar. Ele era uma pessoa mais velha do que a média dos estudantes da faculdade, morava com os pais e ainda não sabia o que faria da vida. Gestão de empresas era o terceiro curso que fazia, sendo que os anteriores, ambos não concluídos, tinham sido Medicina Veterinária e Filosofia. Ele era alto, muito tranquilo, adorava fumar cigarro de palha e usava óculos com lentes bem grossas.

Ele me encontrou, me deu um grande abraço e disse que me levaria ao aeroporto, mas, como ainda faltavam algumas horas, me acompanhou em um último adeus a Lisboa, uma volta de carro pela cidade. Durante o passeio, paramos em um café aonde sempre íamos, que era um ponto de encontro dos estudantes da Faculdade Nova de Lisboa, e conhecemos duas intercambistas espanholas que haviam acabado de chegar na cidade.

Estavam com outros estudantes portugueses que as recepcionavam. Era o ciclo dos estudantes estrangeiros se iniciando novamente para mais um semestre. Eu indo embora e novas pessoas chegando para também construírem suas histórias.

No final do dia, o Nuno me deixou no Aeroporto Internacional de Lisboa, porta de entrada e saída de toda essa aventura.

A chegada ao Brasil também foi muito emocionante: meu pai, minha mãe, meus irmãos Du e Lô estavam me esperando. Com eles, vários amigos de infância: o Gelly, Betinho, Mauri, Juninho, Gesio, Xuxu, Bob, Ledô, Rony, Tadeu, Temps, Arlei, Freio e o Gêra. Amigos que guardo um profundo carinho até hoje, que cresceram comigo e estavam, do Brasil, acompanhando toda a minha viagem através das cartas escritas em folhas de seda que eu enviava.

Eu sempre fui uma pessoa simples, alegre e cheia de amigos. O pouco que eu tinha já era o suficiente para ficar bem, e as pequenas conquistas sempre foram valorizadas. Nunca havia imaginado que algo tão impressionante poderia acontecer comigo, pois, hoje, olhando para trás, vejo o quanto foram importantes esses 300 dias vividos de forma tão intensa.

Cada objetivo cumprido, cada lugar visitado, cada conversa com desconhecidos, cada momento vivido e cada desafio superado me fizeram uma pessoa melhor.

Quando voltei ao Brasil, segui os passos da maioria dos estudantes universitários, ou seja, finalizei os estudos e segui para o mercado de trabalho, mas com o diferencial de ter tido a oportunidade de ser testado, desafiado e nunca ter desistido.

Hoje moro nos Estados Unidos em uma cidade próxima a Chicago, e sou Diretor Global na matriz de uma multinacional americana de bens de consumo. Não sei o que vai acontecer amanhã, mas sigo em frente, tentando superar os obstáculos que aparecem a cada dia e com a certeza de que tive o privilégio e a oportunidade de viver uma vida em 300 dias.

> "Um lugar ou um destino só se torna espetacular com a magia e o encanto de outras pessoas que fizeram parte daquele momento."
>
> **Luciano Mazon**

Roteiro de ida

Roteiro de volta